Deseo™

Miedo de amar

KATE HARDY

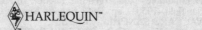

HARLEQUIN™

Editado por HARLEQUIN IBÉRICA, S.A.
Núñez de Balboa, 56
28001 Madrid

I.S.B.N.: 978-84-671-8638-3
Depósito legal: B-20418-2010
Editor responsable: Luis Pugni
Preimpresión y fotomecánica: M.T. Color & Diseño, S.L.
C/ Colquide, 6 portal 2 - 3º H. 28230 Las Rozas (Madrid)
Impresión y encuadernación: LITOGRAFÍA ROSÉS, S.A.
C/ Energía, 11. 08850 Gavá (Barcelona)
Fecha impresion para Argentina: 17.1.11
Distribuidor exclusivo para España: LOGISTA
Distribuidor para México: CODIPLYRSA
Distribuidores para Argentina: interior, BERTRAN, S.A.C. Vélez
Sársfield, 1950. Cap. Fed./ Buenos Aires y Gran Buenos Aires,
VACCARO SÁNCHEZ y Cía, S.A.
Distribuidor para Chile: DISTRIBUIDORA ALFA, S.A.

Capítulo Uno

–Muchas gracias por todo, alteza –le dijo la periodista con una tímida reverencia.

–No hay de qué. Ha sido un placer conocerla –repuso Karim con la más falsa de sus sonrisas.

Tan falsa como la de la periodista. Sabía que la mujer estaría encantada con las declaraciones que había conseguido. Era el tipo de fiesta que siempre aparecía en las revistas del corazón.

Creía saber exactamente qué iba a decir la prensa de él. Resaltarían que Karim al-Hassan llevaba toda la semana de fiesta. Y reconocía que así había sido en el pasado, cuando salía casi cada noche hasta la madrugada. Pero durante los últimos cinco años había cambiado mucho.

Lo que las revistas no sabían es que nunca bebía en esas fiestas y que solía retirarse temprano para trabajar en casa hasta la madrugada.

Desde que su padre le confiara la importante tarea de desarrollar el turismo en Harrat Salma, se había dedicado por completo a su trabajo.

Pero ese día le estaba costando concentrarse. Algo en su interior le dijo que debía girarse.

Lo hizo y se le fueron los ojos a una mujer al otro lado del salón, aunque parecía vestida para pasar desapercibida. Su pelo era castaño y lo llevaba recogido.

Su vestido era suelto, largo y negro, casi demasiado sencillo para la ocasión.

No se parecía en nada a las mujeres con las que solía salir y no entendía por qué había conseguido atraer tanto su atención.

Era la primera vez que la veía. No sabía quién era, pero supo en ese instante que tenía que conocerla e invitarla a cenar.

Vio que estaba hablando con Felicity Browne, la anfitriona de la velada. Karim se apartó del grupo con el que había estado conversando y cruzó despacio el salón. Cuando vio que terminaban de hablar y la otra mujer se daba la vuelta, aceleró el paso y se cruzó en su camino.

–Hola –le dijo.

–Hola –repuso ella.

Sus ojos eran de un azul grisáceo y tenía la mirada seria. También parecía callada y tranquila. Cada vez encontraba más diferencias entre la joven y las féminas que solía acompañar.

–No está tomando nada –apuntó él.

–Es que no estoy invitada –le dijo la joven.

Aunque hablaba con serenidad, le pareció que había conseguido que se pusiera algo nerviosa.

Imaginó entonces que debía trabajar para Felicity y que le preocuparía que la viera allí.

–Vayamos a un sitio más tranquilo –le sugirió él–. Pero, primero, deje que le consiga una copa.

–Gracias, pero no bebo.

–Entonces, agua mineral –repuso mientras tomaba dos vasos de la bandeja del camarero y le entregaba uno.

Miró a su alrededor y comprobó aliviado que la

periodista se había ido. Podía relajarse. Colocó la mano de la mujer en su brazo y fue hacia las puertas de cristal que daban a la terraza.

«¡Socorro!», pensó Lily algo preocupada.

Había entrado en el salón para hablar discretamente con Felicity, quería asegurarse de que la anfitriona estaba contenta con todo. Su idea había sido volver a la cocina y preparar los postres, pero el hombre más atractivo que había visto en su vida la había abordado en ese momento.

Iba vestido con un esmoquin negro, una camisa blanca y una pajarita de seda negra. Su pelo negro lo llevaba cortado algo más largo de lo habitual y con un flequillo que caía sobre sus ojos. Tenía la apariencia típica de un donjuán de clase alta, pero su piel olivada y sus ojos del color del ámbar eran características demasiado exóticas como para que fuera inglés.

—No debería... —intentó ella al ver que el hombre la llevaba a la terraza.

—No se preocupe. Si Felicity se queja, le diré que fui yo quien la secuestró —le aseguró él.

Sin dejar de mirarla a los ojos, el desconocido rozó con los dedos su labio inferior. El contacto fue breve y ligero, pero consiguió que se quedara inmóvil. No podía ni quería apartarse. Había algo en ese hombre que la atraía muchísimo y le pareció que él estaba sintiendo lo mismo.

Era atracción a primera vista. Casi podía ver las chispas entre los dos y sabía que una simple caricia podría encender las llamas.

Tenía que irse de allí. No podía dejar que el corazón rigiera sus actos, sino su cabeza. De lo contrario, podría cometer un grave error.

–¿Cómo se llama? –le preguntó él en voz baja.

–Lily.

–Karim –repuso el hombre–. ¿Está casada o comprometida de alguna manera?

Sabía que le bastaría con responder afirmativamente para que ese hombre la dejara tranquila. Pero negó con la cabeza y se estremeció al ver el intenso deseo en su mirada.

Karim agarró su mano y se la llevó a los labios. Besó cada una de las yemas de sus dedos. Ella, mientras tanto, no pudo evitar separar sus labios e inclinar hacia atrás la cabeza. Fue algo instintivo, como si se estuviera ofreciendo.

Él vio la invitación y la aprovechó. Se inclinó sobre ella y dejó que sus labios se rozaran. Fue una sensación increíble. Muy suave y leve, pero extremadamente sensual. Piel contra piel.

No era suficiente. Necesitaba más, mucho más.

Rodeó el cuello de ese hombre con los brazos y lo atrajo hacia sí. Sabía que aquello era irracional, que no era una buena idea, pero no parecía capaz de controlar su propio cuerpo. Apenas habían hablado. Sólo sabían sus nombres de pila, nada más. Ella nunca hacía cosas así.

Pero estaba besando a un desconocido, alguien del que sólo sabía su nombre y que tenía la boca más sexy que había visto en su vida.

Dejó de pensar cuando sintió que Karim separaba sus labios y el beso se hacía más íntimo y apasionado. Enredó los dedos en su oscuro cabello, atrayéndolo aún más cerca.

Él también la abrazó. Sintió una de sus manos sobre las nalgas y la otra en la espalda. Ya no había espacio entre los dos cuerpos. Las sensaciones que estaba teniendo no se parecían a nada que hubiera vivido antes.

Cuando él se apartó, Lily se quedó temblando. Tenía los nervios a flor de piel y la sensación fue a más cuando Karim comenzó a besar su cuello. No pudo evitar estremecerse y arqueó hacia él su cuerpo. Karim la abrazó con más fuerza, tanta que pudo sentir su erección contra el estómago. No dejaba de acariciarla, desde las caderas hasta su pecho. Cuando sintió que rozaba con el pulgar uno de sus excitados pezones, le flaquearon las rodillas.

No podía pensar en nada, sólo sentir. Deseaba estar con él y sentir su piel contra la de ella.

Notó que se quedaba de pronto muy quieto. Ella abrió los ojos y se apartó un poco.

Oyó entonces una puerta que se cerraba y gente hablando. Ya no estaban solos en la terraza.

Había estado demasiado ensimismada para darse cuenta. Sus besos habían conseguido hipnotizarla por completo.

Nerviosa, se pasó las manos por el vestido para tratar de recomponerse un poco. Acababa de romper todas las normas que ella misma se había impuesto.

Frustrada, vio que parecía no haber aprendido nada de su fallido matrimonio.

–He de irme, de verdad –susurró ella para que nadie más la oyera.

–No, aún no. Si salimos ahora, creo que pasaríamos mucha vergüenza...

Aunque una parte de ella le decía que acababa de

cometer un error, se dio cuenta de que, bastaría con que él lo quisiera, para que volvieran a besarse. Estaba deseando saborearlo de nuevo y sentir que la llenaba por completo.

Tragó saliva.

No entendía qué le estaba pasando. Nunca había hecho nada así. No dejaba que los instintos más básicos la manejasen de esa manera. Llevaba cuatro años soltera y había estado perfectamente feliz con su situación.

Aun así, era un desconocido y aquello, una locura. No debería haber permitido que ocurriera.

Esperaba que la gente que había salido a la terraza volviera a entrar cuanto antes al salón principal. Cuanto más tiempo pasaran escondidos tras el gran macetero, más avergonzados estarían cuando tuvieran que salir. Karim parecía estar pensando lo mismo.

–Sólo se puede entrar en la casa por esas puertas. Si fueras una gimnasta podrías saltar desde la barandilla a la cañería y deslizarte por ella –le dijo él.

–Me temo que no lo soy.

Karim sonrió, no había visto nunca una sonrisa tan provocativa como la suya.

–No nos queda más remedio que esperar a que se vayan –murmuró ella–. No suelo hacer cosas así –agregó rápidamente.

Vio que Karim también parecía algo confuso.

–Mi intención había sido presentarme e invitarte a cenar conmigo algún otro día.

Ninguno de los dos parecía poder explicar racionalmente lo que les había pasado.

«Dios mío...», pensó ella con desesperación.

No quería ni pensar en todo lo que podría haber

ido mal sin ella en la cocina para supervisar la comida que se servía a los invitados. No podía permitirse ese tipo de conducta. Sabía que debía cuidar su negocio por encima de todo.

–Tengo que irme –le dijo una vez más.

Karim sacó una tarjeta y un bolígrafo del bolsillo. Escribió un número en la parte de atrás.

–Llámame –le pidió mientras se la entregaba.

Fue casi una orden. Parecía un hombre acostumbrado a que lo obedecieran.

–Ve –le dijo–. Me quedaré aquí unos minutos más. Si Felicity está enfadada, mándame un mensaje a mi teléfono móvil y hablaré con ella.

Imaginó que a un hombre como él no le costaría utilizar sus encantos para convencer a ninguna mujer. Pero no iba a permitir que le sacara las castañas del fuego si había surgido algún problema en su ausencia.

–Gracias.

Como si no pudiera hacer nada para controlarse, Karim le dio un último y rápido beso.

–Nos vemos –le susurró él.

La promesa implícita en sus palabras consiguió que se estremeciera una vez más.

Capítulo Dos

–¡Lily! ¡Menos mal que has vuelto! –exclamó Beatrice al verla.

Era su camarera jefe y a Lily se le encogió el corazón al ver lo preocupada que parecía.

–¿Qué es lo que...?

Se quedó muda al ver que Hannah, su ayudante, estaba limpiando el suelo de rodillas. Aún podía distinguir los restos de los diminutos hojaldres que ella misma había terminado de montar unos minutos antes. Iban a tener que tirarlo todo y suplir de alguna manera lo perdido.

–¿Podrías montar un poco de nata, Hannah? –le pidió–. Y tú, Bea, limpia la bandeja, por favor.

Mientras tanto, miró cuánta fruta le quedaba. No tenía suficientes fresas para decorar los nuevos pastelitos, pero decidió añadir corteza de limón rallada a la mitad de la crema y decorarlos con rodajitas de kiwi para darles una nota de color.

–Lo siento muchísimo, Lily –le dijo Hannah casi llorando–. Me distraje y tropecé con...

–No vamos a llorar por unos cuantos pasteles. Nos puede pasar a cualquiera.

Hannah estaba algo más nerviosa y distraída esos días. Estaba pasando por un mal momento. Su matrimonio estaba llegando a su fin y trataba de retomar las riendas de su vida sin que su hija de cuatro años tuviera que sufrir demasiado con la separación. Lily la entendía muy bien.

No se le olvidaba el apoyo que había tenido de Hannah cuatro años antes, cuando ella misma pasó por una situación similar con Jeff, su ex marido. Al recordarlo, se dio cuenta de que no sería buena idea llamar a Karim. Creía que las relaciones sólo daban problemas.

Su ex marido había conseguido dejar su autoestima por los suelos. Igual que su orgullo y su cuenta corriente. Había sido muy doloroso y difícil superar el sentimiento de traición y pérdida.

Rellenó unos cuantos con la mousse de licor de café que había hecho unas horas antes. Preparó una bandeja de diminutas magdalenas de chocolate para que las sirviera Hannah y otro plato de helados de vainilla cubiertos de chocolate blanco para Bea.

Satisfecha con su trabajo en la fiesta, organizó a sus empleadas para limpiar y recoger. Estaba terminando cuando entró Felicity Browne.

–Lily, querida, todo estupendo, perfecto –le dijo–. Esos pastelitos...

–Te enviaré la receta –le prometió Lily con una sonrisa–. Para que sea más fácil, puedes servir directamente la mousse de café en pequeñas tacitas. Después puedes decorarlas con granos de café y una hojita de menta para darle un contraste de color.

–Me encanta encargarte a ti la comida para mis fiestas. Se te dan muy bien estos detalles extra tan importantes.

Se quedó un rato más charlando con la anfitriona, comprobó después que la cocina estuviera impecable y llevó a Hannah a casa antes de regresar a la suya.

11

No pudo dejar de pensar en Karim mientras sacaba de la furgoneta los aparatos y utensilios parar guardarlos. Aunque sabía que era una locura y demasiado tarde para llamar a nadie, se puso a buscar su tarjeta en el bolso.

Frunció al ceño al ver que no la había guardado en el bolsito donde siempre metía las tarjetas que le daban, pero recordó entonces lo que había pasado. Supuso que la había tenido aún en la mano cuando entró en la cocina y se encontró con una de bandeja de postres en el suelo. Lo más seguro era que la hubiera dejado olvidada en la encimera.

No podía llamar a Felicity y pedirle el teléfono de uno de sus invitados. Habría sido muy poco profesional y Elizabeth Finch podía ser muchas cosas, pero era toda una profesional.

No siempre había sido así. Como le había pasado en una terraza esa misma noche, cuando había permitido que un desconocido misterioso, alto y apuesto la besara. Y, si no los hubieran interrumpido, las cosas podrían haber ido mucho más lejos.

Pero decidió que no podía seguir pensando en ese loco momento. Todo había terminado y sabía que era mejor así.

Karim y sus exóticos ojos color ámbar habían estado a punto de echar por tierra sus propias normas. Se dio cuenta de que era una suerte que hubiera perdido su tarjeta porque no sabía si habría podido resistir, de otro modo, la tentación de llamarlo.

Karim estaba trabajando en unas cifras cuando sonó el teléfono. Contestó sin pensar.

–Karim al-Hassan –dijo al descolgar.

–Alteza, soy Felicity Browne. Quería agradecerle personalmente el maravilloso ramo de rosas.

–Ha sido un placer –repuso él–. Pero, por favor, llámeme Karim.

–Karim –repitió ella–. Ahora ya nadie tiene detalles como el suyo. Bueno, no quería entretenerlo.

–Me alegra que le gustaran las rosas. Y la verdad es que tenía previsto llamarla hoy mismo. Me encantó la comida que sirvió en la fiesta –le dijo.

–Gracias. Pero me temo que no es mérito mío. Todo lo que hice fue elegir el menú –admitió Felicity entre risas–. Se trata de un servicio de comidas, Sabores Extraordinarios. Le he pedido varias veces a Elizabeth Finch, la propietaria de la firma, que trabaje para mí. Le he ofrecido un salario muy generoso, pero no quiere que nadie la ate. Fue una suerte conseguir que preparara la fiesta de anoche. Tiene una agenda muy apretada.

–Necesito contratar una buena empresa de comidas para unas presentaciones de trabajo que tengo pendientes –le dijo Karim.

Tenía una cocinera, Claire, que se encargaba normalmente de esas cosas, pero lo había llamado esa mañana para decirle que su hermana había dado a luz prematuramente y tenía que ir a ayudarla. La hermana vivía en Cornwall, a cinco horas en coche, y no había nadie más que pudiera ocuparse del bebé y de su madre.

Entendía mejor que nadie lo que significaba sacrificarse por la familia, él también había tenido que hacerlo. Y, aunque Claire acababa de dejarlo en la estacada, no pensaba hacer que se sintiera mal por ello. Aún tenía tiempo suficiente para arreglar las cosas por su cuenta.

–¿Le importaría darme el teléfono de la empresa de comidas? –le preguntó entonces.

–En absoluto, pero tiene mucha demanda –le advirtió Felicity–. Si no tiene fechas disponibles, seguro que le sugiere alguna otra empresa. Voy por mi agenda, un momento –le dijo.

Esperó un par de minutos y anotó después el teléfono y dirección de Elizabeth Finch.

–Muchas gracias, Felicity.

–De nada. Gracias a usted por las flores.

Colgó y buscó en Internet la dirección que acababa de anotar. Estaba en Islington, un barrio bastante caro. Imaginó que el precio sería acorde, pero no le preocupaba el dinero.

Necesitaba calidad y sabía que esa empresa era una de las mejores, lo había podido comprobar la noche anterior. Miró el reloj. Imaginó que la cocinera de Sabores Extraordinarios estaría ultimando las preparaciones para la cena o fiesta que tuviera esa noche. No le pareció el mejor momento para llamarla.

Decidió que iría a ver a esa cocinera a la mañana siguiente. Sabía que las reuniones en persona era mucho más efectivas que las llamadas telefónicas.

Miró de nuevo el reloj. Aún no tenía que empezar a prepararse para la fiesta al aire libre que tenía esa noche. Iba a encontrarse allí con Renée, una de sus últimas y bellas conquistas. El tiempo era muy agradable y conocía bien el jardín donde se celebraba la fiesta. Había algunos apartados rincones donde podría estar a solas con ella. Pero no fue el rostro de Renée el que se imaginó besando esa noche en el laberinto del jardín. Sólo podía pensar en Lily.

Sacudió la cabeza, una relación con ella era lo último que necesitaba en esos momentos. Era demasiado complicado. Le había parecido una mujer sensata y seria y él no estaba en disposición de ofrecer ningún tipo de relación formal. Iba a tener que volver en unos meses a Harrat Salma y sus padres le acordarían entonces un matrimonio, como habían hecho con ellos.

No le quedaba mucho tiempo. Esos meses eran la última oportunidad que tenía para divertirse sin pensar en el compromiso. Quería concentrarse únicamente en salir con mujeres que supieran qué esperar de él y no pretendieran cambiarlo.

A la mañana siguiente, Lily estaba sentada a la mesa de su cocina bebiendo café cuando sonó el timbre de la puerta. Cuando abrió, se quedó inmóvil.

Karim era la última persona que esperaba ver a la puerta de su casa a esas horas de la mañana.

–¿Lily? –murmuró él.

Parecía tan confuso como ella.

–¿Trabajas para Elizabeth Finch?

–Soy Elizabeth Finch.

–Pero... Pero me dijiste que te llamabas Lily –repuso él con el ceño fruncido.

–Así es. Cuando era pequeña no podía pronunciar mi propio nombre. Me llamaba a mí misma «Lily» y todos terminaron llamándome así.

–Entiendo... –repuso él–. Me encantó la comida de la fiesta del sábado y llamé a Felicity para que me facilitara la información de la empresa que había contratado, por eso estoy aquí.

–Pasa, por favor –le dijo mientras iba hacia la cocina–. ¿Te apetece un poco de café?

Karim se sentó en uno de los mullidos sofás. La cocina, el comedor y salón compartían una única y amplia estancia. La observó mientras preparaba el café.

Algo olía fenomenal. Miró a su alrededor y vio dos tartas enfriando sobre una bandeja de rejilla. Se fijó de nuevo en Lily y en su sencillo atuendo. Llevaba unos pantalones vaqueros y una camisola con finos tirantes. Le entraron ganas de tocarla, pero sabía que no debía pensar en ese tipo de cosas. Se trataba de una visita de negocios y no era buena idea mezclarlos con asuntos personales. No podía permitirse el lujo de perder el control.

—Bonita cocina —comentó con algo de nerviosismo al ver que Lily se acercaba ya con las tazas.

—Es perfecta para lo que hago —repuso Lily—. ¿De qué querías hablar conmigo?

Le llamó la atención que se sentara en el otro sofá, tan lejos de él como pudo.

—Como te he dicho, me encantó lo que sirvió Felicity en su fiesta. Tengo pendientes unas cuantas reuniones de trabajo y necesito un servicio de comidas.

—¿Y quieres que lo haga yo? —le preguntó Lily—. La verdad es que no tengo ni un día libre.

—Son para finales de este mes.

—Entonces, lo siento mucho, pero no voy a poder hacerlo. No hasta dentro de tres meses.

—¿Vas a trabajar todos los días durante los próximos tres meses?

—Todos mis días de trabajo están llenos —repuso ella.

—Entonces, no trabajas todos los días.

–La verdad es que sí –confesó Lily–. Pero no cocino para otras personas todos los días.

–¿Qué haces los días que no estás cocinando para la gente?

–Investigo y desarrollo nuevas recetas. También escribo artículos para una revista.

Miró de nuevo las tartas que había visto reposando en la encimera.

–Entonces, ¿esas tartas son parte de tu investigación? ¿No son para un cliente?

–¿Es eso una indirecta? –preguntó ella con una mueca.

–Sí –repuso sonriente.

–De acuerdo, te serviré un poco. Pero recuerda que sólo son pruebas, puede que no sepan bien.

Cuando Lily le ofreció un pedazo de tarta de chocolate en un sencillo plato blanco, no tardó ni un segundo en probarlo. Se concentró en saborearlo a conciencia.

–A mí me encanta –murmuró después–. Huele bien y tiene la cantidad perfecta de chocolate. Lo suficiente para darle mucho sabor, pero sin empalagar ni esconder otros sabores.

Lily también la probó y sacudió la cabeza.

–No tiene la textura adecuada, necesita más harina –comentó–. Perdóname un momento.

Vio que se levantaba y anotaba algo en un cuaderno.

–¿Son tus notas? –le preguntó él.

–Sí, para la siguiente prueba –explicó Lily.

–Volviendo al tema del que estábamos hablando. ¿Cuántos días libres tienes cada semana?

–No cocino durante tres días, pero es cuando trabajo en mi cocina. Luego pruebo mis recetas tres veces y preparo la cocina para que la fotógrafa pueda tomar imágenes de los distintos pasos de cada receta. Y también tengo que llevar al día el papeleo de la empresa, por supuesto.

–Pero, en teoría, tienes algunos días libres. Podrías hacerme un hueco –insistió él.

–En teoría, sí. En la práctica, no. Si lo hago para alguien, tendría que hacerlo para todo el mundo y no quiero tener que acabar trabajando dieciocho horas al día para poder decirle que sí a todo el mundo. Necesito tiempo para descansar y para poder hacer el trabajo creativo.

Decidió intentar otra táctica.

–Pero, tienes a gente que trabaja para ti, ¿no?

–Sí, a tiempo parcial.

–Pero llevas mucho tiempo trabajando con ellos, ¿verdad?

–¿Cómo lo sabes? –preguntó sorprendida.

–Porque todo fue perfecto en la fiesta de Felicity. Ese tipo de trabajo en equipo sólo puede surgir de la experiencia. Cuando conoces bien a la gente con la que trabajas y confías en ellos.

Lily asintió con la cabeza y sonrió.

–¿Te ayudan a hacer la comida?

–Sí, algunas cosas. ¿Por qué?

–Estaba pensando que a lo mejor puedes delegar más trabajo en ellos. Entonces podrías expandir el negocio sin quitarte tiempo de los días en los que no tienes que cocinar para otros.

–No, no puedo. Mis clientes esperan recibir siempre una atención personal y eso es exactamente lo que obtienen cuando me contratan. No tengo huecos, Karim. Lo siento. Lo único que puedo hacer es recomendarte a otros cocineros.

–Gracias –le dijo–. Pero no me vale cualquiera. Quiero a Elizabeth Finch –añadió–. ¿Crees que alguno de tus clientes podría plantearse la posibilidad de cambiar sus fechas?

–No. Y espero que no vayas a sugerirme ahora que los llame y les diga que estoy enferma o algo así –le advirtió Lily–. No engaño nunca a mis clientes.

–Me alegra ver que eres una mujer íntegra –repuso él–. Es algo que respeto mucho. No sé cuánto cobras por trabajo, pero estoy dispuesto a doblar el precio.

–¿De verdad piensas que todo se puede comprar?

–Todo tiene un precio.

–Debes de tener una vida muy triste –le dijo ella.

–Todo lo contrario. Pero me gusta ser directo y no andarme con rodeos.

–Pero no puedes comprar a la gente, Karim.

–Eso ya lo sé. No estaba intentando comprarte –le dijo él–. Cuando se trata de negocios, siempre busco al mejor para cada cosa. Por eso te estoy pidiendo que te encargues de la comida durante las reuniones que estoy organizando. Son eventos cruciales para mi trabajo –añadió entonces.

–Me halaga que hayas venido hasta aquí para contratarme. Pero, como ya te he dicho varias veces, me temo que no tengo ninguna fecha libre y que no puedo ayudarte.

–Bueno, creo que la persistencia es una cualidad muy importante en los negocios –le dijo él–. Y también creo que siempre hay una solución para todo, basta con analizar mejor una situación para conseguirlo.

–Parece que no estás acostumbrado a que te lleven la contraria. Es eso, ¿no?

–Antes o después, siempre consigo lo que quiero.

–Me temo que esta vez no será así. A no ser que puedas esperar tres meses.

–No puedo esperar tanto. Las reuniones ya han sido convocadas.

–Entonces, como ya te he dicho, lo siento mucho, pero no puedo ayudarte –le dijo Lily mientras iba a la cocina.

Vio cómo abría un fichero y anotaba algo en un papel.

–Toma –le dijo mientras le entregaba la nota–. Puedo recomendarte a éstos. Son muy buenos.

–Bueno, gracias por el café. Y por la tarta.

Sabía que no debía seguir sus instintos. Sólo podía pensar en abrazarla y besarla, pero creía que así sólo conseguiría asustarla.

–Si cambias de opinión, llámame –le dijo–. Tienes mi tarjeta.

–La verdad es que la perdí –repuso ella.

Se preguntó si le estaría diciendo la verdad o si la habría tirado a la basura en un arrebato de enfado. Sacó una tarjeta del bolsillo, escribió su número personal y se la entregó.

–Para sustituir a la que perdiste –le dijo mientras la miraba a los ojos.

Lily fue a guardarla en su archivador y le entregó una de su servicio de comidas.

–Toma, por si cambias las fechas. Pero recuerda que tengo una lista de espera de tres meses.

–¿La gente planea con tanto tiempo sus fiestas?

–Bueno, también hago bodas, bautizos... –le comentó ella–. No cuestiono la vida social de mis clientes. Me limito a hablar con ellos para ver qué es lo que quieren y servirlo después de la mejor manera posible.

–Entonces, ¿también te encargas de servir cenas?

–Sí. Los jueves y domingos –le confirmó Lily.

–¿Y si uno de tus clientes habituales te necesitara un lunes, martes o miércoles? –le preguntó–. ¿Y si deciden organizar de manera espontánea una fiesta?

–Mis clientes habituales saben que no trabajo para otros los lunes, martes o miércoles –repuso Lily con firmeza–. Tengo otros compromisos esos días. Y, como le pasa a todo el mundo, yo también necesito descansar.

–Entiendo –repuso él.

Lo que le había dicho Lily le dio una idea.

–Bueno, ha sido un placer verte de nuevo –le dijo.

–Igualmente –repuso Lily.

Vaciló un instante. Estuvo a punto de darle un beso en la mejilla, pero se lo pensó mejor y no lo hizo. Sabía que no le habría sido posible darle un beso en la cara sin tratar de ir más lejos.

Necesitaba arreglar con ella los asuntos de negocios antes de concentrarse en otro tipo de intereses, como la atracción que sentía por ella.

Sabía que tampoco podía besarla en la mano, sería un gesto demasiado zalamero. Así que decidió darle la mano de la manera más profesional posible.

A pesar de lo frío del saludo, sintió un hormigueo en la piel al tocarla. Y, viendo lo que reflejaban los ojos de Lily, supo que a ella le pasaba lo mismo.

Todavía había mucha atracción entre los dos.

Aquello no había hecho más que empezar.

Capítulo Tres

–Lo que te pasa, amigo mío, es que estás resenti-
do porque, por primera vez en tu vida, una mujer te
ha rechazado –le dijo Luke con una sonrisa.

–No es verdad –repuso Karim.

–Estás distraído. De otro modo, habrías jugado
mucho mejor esta noche.

Karim no podía llevarle la contraria. Normalmente, los partidos de squash que jugaban los lunes por la
noche eran mucho más igualados. Pero Luke acababa de machacarlo en la pista.

–Puedes decir lo que quieras, pero no me ha rechazado –insistió.

Luke lo miró con incredulidad.

–¿No acabas de decirme que está demasiado ocupada para que la contrates?

–¿Te parece bonito hacer leña del árbol caído? –le
preguntó–. Además, cambiará de opinión.

Y, si Lily no lo hacía, pensaba convencerla del algún otro modo para que aceptara su encargo.

–A lo mejor puedo ayudarte –sugirió Luke.

Ya le había explicado la situación a su amigo antes
del partido.

–Cathy tiene unas ideas excelentes para renovar
el restaurante del club. Puedo conseguir que te ayude a diseñar algunos menús y a organizar las comidas

para esos eventos. Podría incluso usar las cocinas que tenemos aquí para prepararlo todo.

–¿Vas a dejar que te robe durante unos días a tus empleados? –le preguntó Karim.

Luke había comprado ese centro de deporte y salud tres meses antes y estaba metido de lleno en el proceso de renovación. Quería revitalizar el gimnasio y la zona de balneario y mejorar también la comida y el servicio del restaurante.

–No, sólo se trataría de un préstamo temporal, para que te echen una mano –corrigió Luke.

–Pero querrás publicidad o alguna otra cosa a cambio de este favor, ¿no?

–No soy tan interesado como piensas. No le haría una oferta como ésta a cualquiera –le dijo su amigo–. Pero acabo de darte una paliza en la pista de squash y eso no es normal, solemos estar mucho más igualados en la puntuación final. La verdad es que me das un poco de lástima y deberías aprovechar mi oferta.

Se echó a reír.

–Espera al próximo lunes, me vengaré entonces.

–Sigue soñando –repuso Luke–. Bueno, vámonos ya. Estamos empapados en sudor y seguro que apestamos. Si seguimos hablando aquí, vamos a conseguir espantar a todos mis clientes.

–Lo que usted diga, jefe –le dijo Karim.

Después de la ducha, fueron al bar a tomar una cerveza.

–Sigues de mal humor –le comentó Luke.

–Bueno, es la primera vez que pierdo un partido en el último mes. Y lo peor ha sido perder por tantos puntos...

–No me lo trago –repuso Luke–. Deja de simular

que te importa tanto la derrota. Eres competitivo, pero no tanto. Esa mujer debe de ser muy especial.

–¿Quién?

–La mujer en la que estás pensando, la que ha conseguido que estés de tan mal humor hoy –le dijo su amigo–. Deja que adivine de quién se trata. ¡Ya lo sé! ¿Es rubia, alta, con curvas y le encantan las fiestas?

Rió sin ganas.

–Ése es tu tipo, no el mío.

–No es verdad. A mí me gustan más las morenas. Sobre todo si no están deseando vestirse de blanco y pasar por la vicaría.

Su amigo tenía aún más terror al compromiso y nunca salía con la misma mujer más de tres veces para evitar que las cosas se pusieran demasiado serias entre los dos.

–Si he de serte sincero, no se parece en nada a las mujeres con las que suelo salir –le dijo Karim con la vista perdida–. Es de estatura normal, pelo castaño y muy trabajadora.

Luke lo miró perplejo.

–¡No te creo!

–Pues estoy hablando en serio, me encantaría poder decirte lo contrario. Si fuera una chica a la que le gustara salir de noche, al menos sabría cómo manejarla –le confesó Karim con algo de desesperación–. Pero es distinta...

Creía que quizás fuera ésa la razón por la que no podía quitársela de la cabeza.

–¿Es la dueña del servicio de comidas que no ha encontrado un hueco para ti?

–Cocina para los clientes más ricos y exigentes de la ciudad. Tiene una clientela leal y muy exclusiva –le dijo mientras se relajaba en el sillón de piel del bar–. Es la mejor. Tuve la ocasión de probar su comida en la fiesta de Felicity Browne hace unos días. Así que sé muy bien de lo que estoy hablando.

También había probado su boca. Tenía la intención de volver a hacerlo y llegar mucho más lejos con ella. Deseaba conocerla íntimamente, no podía pensar en otra cosa.

Luke frunció el ceño.

–No me gusta nada lo que me estás contando. Sabes muy bien que no es buena idea mezclar los negocios con el placer, Karim. No funciona nunca. Acabará mal, lo he visto muchas veces.

–Puede que tengas razón.

–No. ¡Tengo razón! –repuso Luke con firmeza–. Entonces, ¿qué piensas hacer?

–Voy a tratar de convencerla para que cambie de parecer.

–¿Vas a seducirla con tus encantos para conseguir que te acepte como cliente?

–Ya ofrecí doblar su precio y no funcionó –le confesó encogiéndose de hombros–. Me dijo que no se puede comprar a la gente.

–Es verdad. Y a los que tienen un precio no conviene tenerlos cerca, no son personas de fiar –repuso su amigo–. Si deja en la estacada a algún cliente por ti, también podría dejarte a ti plantado si consigue una oferta mejor de otro.

–No espero que deje de servir ningún evento importante por mí. Además, ya me dijo claramente que no lo haría. Pero he descubierto que deja tres días libres cada semana para ocuparse de otras cosas. Esos tres días son los que quiero –le dijo–. Tengo que conseguir convencerla, eso es todo. Necesito saber qué es importante para ella y negociar después los términos de la relación.

—Me da la impresión de que estás pensando en mezclar negocios y placer. Si vas a ser su jefe, podría considerarse acoso, ten cuidado —le advirtió Luke.

—No sería su jefe. Ella es su propia jefa. Técnicamente, yo sería un cliente.

—Da igual. No te metas en líos, Karim. Entiendo que te atraiga, pero te juegas mucho en esas reuniones. Sé que nunca te lo perdonarías si no estuvieras a la altura de las circunstancias por estar demasiado pendiente de esa mujer y de la breve relación que puedas tener con ella. Después de todo, no serían más de cinco o seis citas. Las suficientes para que te canses de esa joven y ella empiece a pensar que vais en serio.

—Sé muy bien lo que me juego y no pienso fastidiarlo.

—Pero ocurrirá si no piensas con tu cerebro, sino con otra parte de tu anatomía —le aconsejó Luke mientras terminaba su bebida—. Piensa en lo que te he dicho. Si quieres que hable con Cathy, dímelo.

—Gracias por la oferta.

Su amigo lo miró con compasión en sus ojos.

—Sé que es complicado tener que estar a la altura de lo que tus padres esperan de ti.

Luke tenía razón, pero sabía que era mucho más duro no tener familia. No dijo nada, era un tema muy delicado para su amigo. Sobre todo porque él había sido el que había decidido apartarse de su familia.

—Siempre he sabido lo que se esperaba de mí y que tendría que acabar trabajando para la familia.

Pero nunca podía haberse imaginado cómo iban a ser las cosas. Había creído que su trabajo sería desde la sombra y que no tendría que estar en el centro de todas las miradas.

Pero todo había cambiado desde que muriera su hermano cinco años antes, una tragedia que había cambiado por completo su vida. Decidió entonces hacer lo que tenía que hacer, renunciar a su doctorado, volver a casa y cumplir con su deber como nuevo heredero al trono.

Pero se trataba de una responsabilidad que aún no había terminado de asumir. No se le pasaba por la cabeza decirle a sus padres cómo se sentía, no quería ofenderlos ni hacerles daño. Y tampoco pensaba defraudarlos a ellos ni a su país. Pero por mucho que se implicara en su nuevo trabajo, echaba de menos los estudios que había tenido que abandonar, su verdadera vocación. Trataba de llenar su tiempo con trabajo y placer, pero seguía sintiendo un vacío en su interior.

Se terminó la bebida antes de hablar.

—Bueno, ya he holgazaneado demasiado hoy. Luego te veo —le dijo.

—Vuelves a casa a para seguir trabajando, ¿verdad?

Se echó a reír.

—Tú no puedes criticarme. Sé que vas a hacer exactamente lo mismo.

Venían de dos mundos completamente distintos, pero siempre le había parecido que tenían mucho en común. Se habían conocido el primer día de clases en el master de negocios que habían estudiado juntos y congeniaron desde el primer momento. Con los años, su amistad se había fortalecido y veía a Luke como al hermano que ya no tenía. Sólo con él se podía atrever a hablar de lo que le estaba pasando con Lily. Una parte de él sabía que su amigo tenía razón, que no debía mezclar los negocios con el placer, que todo podría acabar muy mal, pero no podía dejar de pensar en ella.

Volvió andando a casa y aprovechó el tiempo para decidir qué iba a hacer. Creía que había algo mucho más importante que el dinero, el tiempo. Estaba casi seguro que ésa era la clave para llegar a Lily. Iba a tener bastante flexibilidad en su trabajo durante las dos siguientes semanas, podía adaptar su trabajo a los ratos libres que tuviera y creía que había encontrado la manera de convencerla.

A la mañana siguiente, se acercó a casa de Lily de nuevo y llamó a la puerta. Eran las nueve en punto.

Lily abrió la puerta y se quedó mirándolo. Vio que se fijaba durante unos segundos en su boca.

–Buenos días, Lily –le dijo.

–Buenos... –comenzó ella con el ceño fruncido–. ¿Qué haces aquí?

–Soy tu nuevo aprendiz.

Ella sacudió la cabeza.

–Ya tengo todos los empleados que necesito. Además, no puedes ser mi aprendiz. No tienes experiencia en hostelería ni un certificado oficial de manipulación de alimentos.

–¿Y eso cómo puedes saberlo?

–Te he buscado en Internet –repuso ella–. Alteza...

Como había hecho Karim unos días antes, Lily también había buscado información sobre él.

–Si piensas que voy a dejar a mis clientes para poder

28

atenderte a ti sólo porque tienes un título, me temo que te has equivocado conmigo, alteza.

Sonrió, le gustaba ver que tenía principios.

–Mi título no tiene nada que ver. Para ti, soy Karim

–El jeque Karim al-Hassan de Harrat Salma –le corrigió ella–. Eres un príncipe de verdad. Tu padre gobierna el país.

–Te molesta el título, ¿verdad?

–No –repuso Lily–. No eres la primera persona que conozco con un título.

Sabía que trabajaba para algunos aristócratas. Le gustó que fuera discreta y no lo comentara.

–Entonces, ¿qué es lo que te molesta tanto, Lily?

«Tú eres el que me molesta», pensó Lily.

El título no le molestaba, estaba acostumbrada a tratar con gente importante. Pero ese hombre conseguía alterarla y su cuerpo reaccionaba cada vez que lo tenía cerca.

–Nada, no me molesta nada –mintió algo nerviosa.

–Entonces, como he dicho, vengo para convertirme en tu nuevo aprendiz.

–No puedes trabajar sin un certificado oficial de manipulación de alimentos –repitió ella.

–Pero puedo hacer recados, ir al mercado, preparar el café, fregar... –le dijo con una gran sonrisa.

No podía resistir su sonrisa. Tenía los labios más sexys que había visto en su vida. Le costaba respirar cuando estaba con él y recordaba cómo se había sentido por culpa de esa boca y lo que deseaba que le hiciera.

–Podría prepararte el almuerzo –sugirió Karim.

No podía creer que todo un jeque tuviera que prepararse su propia comida.

–¿Quieres hacerme creer que sabes cocinar?

–Bueno, yo estaba pensando en hacer unos emparedados. Pero, si de verdad quieres saber lo bien que lo hago, cena conmigo y cocinaré para ti.

Le sorprendió la seguridad que tenía. Pocas personas querrían cocinar para una profesional como ella. Pero le daba la impresión de que ese hombre podría ser bueno haciendo cualquier cosa que se propusiera. Ya había comprobado lo bueno que era besando.

Se sonrojó al recordarlo.

–Gracias por la oferta, pero no tengo tiempo.

–Es martes, esta noche no cocinas –repuso Karim.

–Pero tengo mucho que preparar, escribir cheques, organizar facturas...

–Muy bien. Entonces, cocinaré para ti el próximo lunes. O podemos quedar para comer, si así te sientes más segura.

–No me das miedo –repuso ella.

Y era verdad. No tenía miedo de Karim, sino de ella misma. Ese hombre encendía su deseo con su mera presencia. No se había sentido así ni con Jeff.

–Entonces, comeremos juntos el lunes –concluyó Karim con firmeza–. Y, mientras tanto, trabajaré como aprendiz. Empezando ahora mismo.

–Gracias, pero no lo necesito. De verdad.

–No tienes que pagarme, si eso es lo que te preocupa.

–Si lo que quieres es conseguir que cambie de opinión y te acepte como cliente...

–No estoy intentando comprarte, Lily. El tiempo es más valioso que el dinero. Si renuncio a parte de mi tiempo para ayudarte, puede que tú sacrifiques parte del tuyo para ayudarme...

Entendió por fin lo que quería conseguir. Agradecía que al menos estuviera siendo honesto.

–Pasa –le dijo mientras daba un paso atrás.

–Muy bien, jefa –repuso Karim con una sonrisa–. Para empezar, ¿cómo te gusta el café?

–Con leche y sin azúcar, por favor. Pero no soy tu jefa, no me llames así.

–Acepto bien que me den órdenes.

Sabía que estaba riéndose de ella. Un hombre como él estaría acostumbrado a dar órdenes, no a recibirlas. Karim debió adivinar lo que estaba pensando porque se echó a reír.

–*Habibti*, puedo aceptar órdenes, de verdad. Dime qué quieres que haga.

Sabía que no se estaba refiriendo a su trabajo de aprendiz, había un pícaro brillo en sus ojos.

–Café –repuso ella deprisa.

–Muy bien. Sigue con lo que estuvieras haciendo mientras lo preparo.

Tenía que trabajar en el último artículo, pero le costaba concentrarse con él allí.

Unos minutos después, se encontró con una taza humeante a su lado. Y también le sirvió un plato con una cajita dorada encima. No le costó reconocerla, era de una exclusiva confitería donde hacían unos bombones exquisitos.

–¿Es lo que creo que es?

–Eso depende de lo que creas que es.

–¿Chocolate?

–Sí. No sabía si lo preferirías blanco, negro o con leche.

Abrió la caja. Había dos bombones de cada clase. Era un bonito gesto. En Internet había descubierto que tenía suficiente dinero para comprar la tienda entera sólo con el suelto que podía llevar en los bolsillos. Le gustó que no se hubiera excedido con ella ni tratara de comprarla con regalos.

–Si es chocolate, me gusta de cualquier tipo –le dijo–. Pero deberíamos compartirlos.

–Gracias, acepto encantado –repuso Karim sentándose en el otro taburete–. Yo confieso que prefiero el chocolate negro. Me gusta fuerte, intenso y algo picante.

Se quedó sin aliento. No entendía cómo podía hacerle pensar en otras cosas cuando sólo le estaba hablando de chocolate. Sabía que no podía pasar nada entre ellos, pero su libido le recordó que no estaría mal para una pasajera y apasionada aventura.

Sintió que subía la temperatura en la cocina. Para tratar de distraerse, tomó un bombón de la caja, pero sus dedos se rozaron y fue suficiente para conseguir que se estremeciera. Se le fue la vista a sus labios y notó después que a él le había pasado mismo.

Apartó un poco el taburete y vio que Karim fruncía el ceño.

–¿Qué estabas haciendo? –le preguntó él entonces.

–Corrijo mi artículo. Habla de los alimentos de temporada. Como las grosellas, las judías verdes...

–Pero son frutos de verano y aún estamos en primavera.

–Las revistas programan sus artículos con tres o cuatro meses de antelación –le explicó.

–¿También les envías fotografías?

–No, la revista manda a una fotógrafa para que las haga en mi casa. Vendrá mañana.

–Y, ¿qué vas a cocinar?

–Judías verdes con panceta, crema de grosellas y tarta de chocolate y calabacín.

–¿Tarta de chocolate y calabacín? ¿Estás segura?

–¿Notaste el calabacín ayer?

–¿Ésa era la tarta de chocolate y calabacín?

–Sí –repuso ella con una sonrisa de satisfacción.

–No sé qué decirte. La verdad es que eres un genio de la gastronomía, Lily Finch.

–Tampoco se lo dijimos a los niños hasta que se lo comieron todo –repuso ella.

–¿Niños?

Se dio cuenta de que había hablado más de la cuenta.

–Mi amiga Hannah, que trabaja conmigo, lleva los platos de prueba a la escuela infantil a la que va su hija. Según lo que sea, se lo ofrecen a los niños para que merienden o se lo venden a los padres a cambio de una pequeña donación para la escuela.

–Es muy generoso por tu parte.

–No es nada –repuso ella sonrojándose–. El barrio se ha hecho muy popular durante estos últimos años, pero aún hay familias que lo pasan mal para llegar a fin de mes.

–Pues yo creo que es increíble que hagas algo así.

Se sintió algo incómoda y él lo notó. Fue hasta la ventana para cambiar de tema.

–Bonito jardín.

–Gracias, me encanta. Cultivo algunas hortalizas y verduras –le dijo mientras se acercaba a la ventana–.

Y hierbas que uso en la cocina, están al lado de mi arbusto favorito. En mayo se llena de flores azules que atraen a las mariposas. Pero bueno, no puedo perder así el tiempo, tengo mucho trabajo pendiente.

–Dime qué quieres que haga y lo haré.

–No se me ocurre nada.

Lo cierto era que se le ocurrían muchas ideas, pero no tenían nada que ver con su trabajo.

–He de terminar el artículo y asegurarme de que tengo todos los ingredientes para preparar al menos cuatro bodegones para las fotos de mañana. He de terminar un plato, mostrar dos fotos del proceso en distintos momentos y otro de sobra por si algo falla.

–Dame las recetas y comprobaré yo mismo que tienes todo lo que necesitas.

–Gracias, pero prefiero hacerlo yo.

–¿No confías en mí?

–Prefiero hacerlo yo misma –repitió ella–. Tardaría más en explicártelo todo que en hacerlo.

–Veo que no te gusta jugar en equipo.

Había dado en el clavo. Jeff había conseguido que desconfiara de todo el mundo. Fue entonces cuando decidió que no volvería a tener socios en los negocios. Por su culpa había perdido el restaurante que tanto le había costado abrir. No se arrepentía de no tener la capacidad necesaria para expandir Sabores Extraordinarios, le bastaba con saber que la empresa era sólo suya.

–No tengo ningún problema con mis compañeros.

–Pero conmigo sí, ¿verdad?

–Me estás distrayendo.

–No era ésa mi intención –repuso él con una sonrisa–. Entiendo la indirecta. Te dejaré en paz. No tienes que acompañarme, sé dónde está la puerta.

–Gracias –repuso ella–. Gracias por los bombones.

–No es nada –le dijo Karim con una cálida y dulce sonrisa.

La cocina se tornó algo más fría y oscura cuando él salió y le entraron ganas de seguirlo, pero sabía que no podía hacerlo.

–Hasta mañana –le dijo desde la puerta.

No le dio tiempo a contestar y decirle que no regresara al día siguiente. Karim la distraía e irritaba tanto como la atraía. Era irresistible y ni su profesionalismo podía sacarla de esa difícil situación. Trataba de recordar que no era como Jeff. Desde el principio le había parecido un hombre de honor.

Estaba claro que los dos sentían la misma atracción y no había razones para no dejarse llevar por ella. Podrían mantenerlo en secreto y no dejarse ver con él en público. Lo último que necesitaba eran paparazzi en su puerta. Tenerlo en su lista de clientes le daría la excusa perfecta para verlo cuando quisiera

Pero todo aquello le parecía demasiado perfecto para que fuera real y no podía arriesgarse a sufrir un nuevo cataclismo sentimental. Le había costado demasiado superar lo de Jeff y decidió que tenía que quitarse a Karim de la cabeza.

Capítulo Cuatro

Lily estaba segura de que la visita de Karim al día siguiente ya no le afectaría tanto. Pero al abrir la puerta, todos los argumentos que había reunido para mantenerse fuerte se vinieron abajo.

Karim la desarmó desde el primer momento con una dulce sonrisa y una gran maceta.

—Son violetas, atraen a las mariposas —anunció Karim.

Le encantó el regalo. Se dio cuenta de que había estado escuchándola el día anterior.

—Gracias, son preciosas —le dijo con sinceridad—. ¿Dónde las has encontrado?

—En una pequeña floristería cerca de mi casa. Irán bien con tu tomillo, como en la obra de Shakespeare, la de *El sueño de una noche de verano*. ¿Recuerdas esos versos?

—No, lo siento. La verdad es que no me gusta el teatro.

—¿Y las películas? ¿Te gustan?

—Sí, pero no tengo tiempo de ir al cine. Y la verdad es que tampoco veo la televisión.

—¿Qué haces para pasártelo bien?

—Cocino —repuso.

—Para ti es mucho más que un trabajo, ¿verdad? Sientes pasión por la cocina.

–Es toda mi vida –admitió ella.

Karim cerró la puerta tras él y ella fue a la cocina. Pensó que la había seguido, pero vio que estaba parado frente a la acuarela que tenía colgada en el vestíbulo.

–Es preciosa –murmuró Karim mientras leía la firma–. Amy Finch, ¿alguien de tu familia?

–Es mi madre.

–¿Tú también pintas? –le preguntó mientras iban juntos a la cocina.

–No, lo mío es cocinar.

–¿Estás muy unida a tu madre?

–No la veo tan a menudo como quisiera, pero hablamos mucho por teléfono. Vive en Francia, en la Provenza. Esa acuarela representa la vista que tiene desde su casa –le explicó mientras salía al patio desde la cocina y colocaba la maceta de violetas al lado de la lavanda.

–¿Ya estás cocinando? –le preguntó Karim al ver que había algo en el horno.

–Es para el artículo. Lo preparo ahora porque tiene que enfriar antes de que venga Hayley.

Creía que podría convencerlo antes de que no podía ser su aprendiz.

–Karim, verás, sé que tienes buenas intenciones, pero...

–No pienso importunarte. Cumpliré todas las órdenes sin quejarme, aunque me mandes fregar.

–¿Fregar? –repitió sonriendo–. ¿Voy a tener a un príncipe fregando en mi cocina?

–Ya que eres tan quisquillosa para todo, debo aclararte que soy un jeque, no un príncipe.

–Es lo mismo.

—Soy una persona normal, Lily. Nadie puede ser un buen líder si teme mancharse las manos. Hay que ser observador y hacer lo necesario en cada momento. No se puede delegar todo, no hay tiempo para hacerlo. ¿Es que crees que tengo cientos de personas a mi servicio?

—¿No es así?

—No. Aunque admito que uso un servicio de lavandería. La vida es demasiado corta para perder el tiempo planchando camisas.

—Estoy de acuerdo –repuso ella–. Pero seguro que tienes una asistenta.

—Eso sí, lo admito. Y también tengo un ayudante que hace las funciones de seguridad.

—¿Tienes guardaespaldas? –le preguntó atónita.

—Sólo uno. Y, como ya te he dicho, también es mi secretario personal. No es un tipo enorme con pinta de matón. No da miedo, pero sería capaz de protegerme si llegara el caso.

—Pero aquí has venido solo. Y también estabas solo en la fiesta de Felicity.

—Rafiq es muy discreto.

—¿Quieres decir con eso que estaba esa noche en la terraza? –preguntó alarmada.

—No.

—Pero estaba al tanto.

—Sí, sabía que estaba en la terraza hablando contigo.

Estaba segura de que el guardaespaldas había sabido qué estaban haciendo. Había visto algunos artículos sobre él y se referían a Karim como un donjuán de Arabia.

Karim se acercó a ella entonces y colocó un dedo

sobre sus labios. El mismo gesto que le hiciera esa noche antes de besarla. Durante un segundo, pensó en morder ese dedo.

Pero sólo quedaban dos horas para que llegara Hayley y no era tiempo suficiente para hacer todo lo que tenía en mente.

Dio un paso atrás, ese hombre estaba consiguiendo que se volviera loca.

—No hay nada que temer —susurró él—. Y es normal que tenga un guardaespaldas.

—En tu mundo, no en el mío.

Karim la miró un segundo con algo de tristeza en la mirada, después asintió con la cabeza.

—Rafiq lleva mucho tiempo conmigo. Sé que puedo confiar en él para todo.

—¿Dónde está ahora mismo?

—Afuera, cumpliendo con su obligación.

—Entonces, ¿va a cachear a Hayley cuando venga?

—No seas melodramática, pensé que no veías la televisión.

—Y es verdad. De otro modo, se me habría ocurrido antes que pudieras tener guardaespaldas. Estará muy aburrido ahí afuera mientras tú estás aquí. Dile que entre.

Le gustaba ser hospitalaria y era la excusa perfecta para que no tuvieran que estar solos.

—Podría decírselo, pero se negaría. Y no debes preocuparte por la fotógrafa, no le hará nada.

—Entonces, ¿puede negarse a cumplir tus órdenes? —preguntó con fingida sorpresa.

—¿Es que crees que todo el mundo me obedece?

—Sí.

—Bueno, tú no lo has hecho.

–Es distinto. Yo no soy de tu país ni trabajo para ti.

–La verdad es que prefiero que mis empleados piensen por sí mismos. Rafiq sabe cuál es su deber y no necesita continuas instrucciones. Hace las cosas a su manera, pero las hace muy bien.

–Pero...

Sonó entonces el temporizador y Lily corrió al horno para sacar la tarta, olvidando lo que iba a decirle. Tenía que asegurarse de que estaba bien hecho y enfriarlo.

Karim observó a Lily mientras se movía rápida y eficientemente por la cocina. Llevaba un uniforme tradicional de chef. Era amplio y poco femenino, pero podía adivinar cada una de sus curvas y no podía dejar de pensar en cuánto deseaba acariciar sus nalgas. Quería quitarle ese uniforme y ver qué llevaba debajo.

Sacudió la cabeza, no podía seguir por ese camino, era demasiado peligroso. Vio que Lily miraba el reloj de la cocina.

–He de comenzar a prepararlo todo.

–Yo empezaré a fregar.

–No, empezarás preparándole algo de beber a tu guardaespaldas. Supongo que sabrás cómo toma el café. ¿O preferiría té?

–Llevamos aquí tiempo suficiente como para que le haya acabado gustando el café inglés.

Le gustó que le diera órdenes y se dispuso a hacer café. Salió después con una taza para Rafiq, que se negó a entrar en la casa, tal y como había adivinado.

Cuando volvió, Lily tachaba cosas de una lista. No

quería que se acercara a la comida con la excusa de no tener un certificado oficial de manipulación de alimentos, así que se puso a fregar.

Le impresionó ver cómo trabaja. Parecía estar pendiente de cinco o seis cosas al mismo tiempo, era un caos. Pero se fue dando cuenta poco a poco de que sabía muy bien lo que hacía y que manejaba a la perfección los tiempos para ser lo más eficiente posible y terminarlo todo.

–Entonces, ¿tienes en Inglaterra tu residencia permanente? –le preguntó ella mientras tanto.

–Llevo cinco años aquí, pero volveré a Harrat Salma en unos meses –le dijo–. Puede que acepte entonces parte de las obligaciones de mi padre. O puede que me dedique a representar al país como una especie de embajador. En ese caso, tendré que viajar por todo el mundo. Aún no lo sé.

–Pero tu futuro está ya decidido, ¿no?

–Así es –admitió–. Tarde o temprano, acabaré ocupando el trono. Supongo que mis padres querrán empezar con las negociaciones matrimoniales en cuanto vuelva a mi país.

–¿Negociaciones matrimoniales? –repitió Lily estupefacta–. ¿Quieres decir que no podrás elegir a tu propia esposa? ¡Eso es horrible!

–No, no es para tanto. Mira cuántos matrimonios por amor terminan en divorcio.

–Pero no siempre tiene por qué ser así –repuso Lily sonrojándose.

–Las estadísticas no le dan la razón al amor. Creo que dos de cada tres matrimonios terminan en divorcio. La gente habla de amor, pero no tiene nada que ver con eso. La mayor parte de las relaciones se basan en el deseo y en un enamoramiento fugaz. Cuando eso termina, el matrimonio también muere.

–Eres más cínico de lo que creía.

–No soy cínico, me limito a analizar la realidad –le dijo él–. Las estadísticas me dan la razón. Además, a mis padres les ha ido bien. Se respetan y hay mucho cariño y admiración entre ellos.

–Bueno, eso es amor, ¿no? Una mezcla de respeto, admiración y cariño.

–Puede que sí. Puede que no. El cariño es algo que llega con el tiempo. Mis padres meditaron su decisión y no se dejaron llevar por la pasión. Para que un matrimonio funcione, las expectativas de los dos deben ser las mismas. Debe haber confianza, respeto y honor.

–No puedo creerme que vayas a casarte con alguien a quien ni siquiera conoces.

–No es como si fuera verla por primera vez durante la ceremonia de la boda –protestó él.

–¿Y si no hay atracción física? ¿O es que se te permite tener un harén para que puedas...?

–¿Para que pueda desahogarme? –terminó él al ver que Lily se sonrojaba–. En mi país somos monógamos y pienso ser fiel a mi esposa. Nunca la insultaría teniendo amantes.

–No pretendía ofenderte, seguro que eres un hombre con principios. Es que me cuesta creer que hables de esto con tanta frialdad, como si fuera un trato comercial o algo así. Sobre todo cuando las revistas te adjudican una nueva novia cada semana.

–Es que el matrimonio es un trato comercial –le aseguró él–. Por otro lado, salgo con muchas mujeres, pero eso no quiere decir que me acueste con todas.

Además, saben muy bien lo que hay. Sólo quiero divertirme y que se diviertan, pero no puede haber nada más serio. Mi obligación es casarme y darle un heredero a mi país. Confío en mis padres y en su buen criterio a la hora de elegir una buena esposa para mí y para Harrat Salma. Yo tendré algo que decir al respecto, pero el futuro de mi país es mi prioridad.

–Me parece tan frío...

–No es frío, es sensato –corrigió él–. No hay posibilidad de divorcio, me debo a mi país. Así que tengo que casarme con la persona adecuada. Alguien que me apoyará en todo momento, alguien a quien pueda respetar y en quien pueda confiar plenamente. El cariño llegará con el tiempo.

–¿Y si te enamoras de otra persona?

–Eso no va a pasar. Tengo veintiocho años, *habibti*. Si fuera a enamorarme de alguien que no me conviene, ya lo habría hecho –le dijo con una sonrisa algo amarga.

Lily seguía sin entender que Karim pudiera ser tan frío con algo como el matrimonio. Pero ella se había casado enamorada y había acabado en desastre.

Karim le había dicho que no tenía libertad para tener una relación seria con nadie y que volvería a su país unos meses más tarde. Se dio cuenta de que una aventura breve con él no iba a comprometerla a nada, podía dejarse llevar por el deseo que había entre los dos. Su relación nacería ya con fecha de caducidad, la de su cambio de residencia a Harrat Salma.

Llevaba cuatro años trabajando muy duro y creía que merecía divertirse un poco.

Cuando vio que eran ya las once y media, dejó de preparar la comida para las fotografías.

–¿Es Rafiq vegetariano? –le preguntó a Karim.

–No.

–¿Hay algo que no pueda comer por motivos de religión o por salud?

–No.

–Muy bien.

Llenó dos panes de pita con trozos de pollo y ensalada.

–Sácale esto para que coma. Después de que Hayley haga las fotos, puede probar el postre.

–Gracias –repuso Karim.

–Y tú puedes comer ahora algo o esperar hasta después de las fotos.

–Me da igual, lo que sea más fácil para ti –repuso Karim–. Tú no vas a comer hasta después de las fotos, ¿verdad?

–No.

–Entonces, comeré después contigo.

Cuando entró Karim de nuevo en la casa después de llevarle el almuerzo a Rafiq, vio que Lily no estaba sola. Una mujer algo mayor estaba con ella y charlaban animadamente. Imaginó que sería Hayley y que ya habrían trabajado juntas en muchas otras ocasiones.

–Hayley, te presento a Karim –le dijo entonces Lily a la otra mujer–. Karim, es Hayley.

–Encantada –repuso Hayley–. ¿De qué conoce a nuestra Lily?

–Tenemos una amiga común.

Vio que la mujer levantaba las cejas. Imaginó que no sería habitual que Lily tuviera a alguien con ella en la cocina durante las sesiones fotográficas.

–Quedaría muy bien en una de las fotos del artículo. Ya lo imagino posando en el jardín y comiendo el puré de grosellas que ha preparado Lily. Le encantaría a nuestras lectoras.

–Gracias, pero creo que será mejor que me abstenga.

–Es una pena... –repuso la fotógrafa con un suspiro.

–¿Por qué dices que es una pena? –preguntó Lily mientras se acercaba a ellos.

–Que parece que todos los hombres guapos son homosexuales.

Le sorprendió el comentario. Hayley no debía de haberlo reconocido.

–¿Qué le hace pensar que es mi caso? Podría ser el amante de Lily, ¿no?

Hayley se rió con ganas.

–No se ofenda, pero Lily no es conocida por sus aventuras amorosas. Está casada con su cocina.

Le interesaron mucho sus palabras. Sentía que cada vez conocía algo mejor a Lily.

–Si está aquí es porque es sólo un amigo. Y pensé por su elegancia y modales que era...

–Entiendo –la interrumpió él.

La mujer tenía razón, no era el amante de Lily. Aún no.

–Bueno, quizás sea buena idea que aparezca en alguna foto.

–¡No tienes por qué hacerlo! –repuso Lily con algo de nerviosismo.

45

–Relájate, *habibti*. No pasa nada –le dijo mientras le guiñaba un ojo–. Hayley, dígame dónde tengo que sentarme y cómo posar.

–Muy bien, pero antes haremos las fotografías de interior –contestó la fotógrafa.

Hayley era demasiado directa y había errado por completo con él, pero era muy buena en su trabajo. Consiguió sacar lo mejor de Lily y de su comida. Le encantó observar a Lily mientras se movía por la cocina preparando los platos. Parecía casi un baile coreografiado.

Cuando terminaron con las fotos en la cocina, Hayley colocó su trípode en el jardín. Lily le dijo dónde tenía que sentarse y ajustó varias veces su postura.

A Lily le encantó observar la sesión fotográfica en el jardín. Se dio cuenta de que Hayley había estado en lo cierto al querer fotografiar a Karim.

Con su camisa de algodón blanco y sus ligeros pantalones beige, representaba el verano como nada. Sintió que subía la temperatura al ver cómo lamía la cuchara del puré de frutas, siguiendo las instrucciones de Hayley.

Karim la miró entonces y no pudo evitar estremecerse. Sintió cómo se endurecían sus pezones y se alegró de llevar su chaqueta de cocinera, la tela era demasiado gruesa y tiesa como para que él pudiera adivinar cómo se sentía.

Cuando terminaron y se fue Hayley, le dio un plato a Karim para que se lo sacara a su guardaespaldas. Esperaba controlar su libido antes de que volviera a entrar, pero no tuvo suerte. Se dio cuenta de que iba a necesitar una larga y fría ducha para olvidarse de ese hombre.

No lo vio entrar en la cocina, pero supo que estaba cerca, era como si su cuerpo pudiera presentir su presencia.

–¡Ése es mi trabajo! Déjame, has trabajado muy duro hoy –le dijo Karim al ver que estaba secando los platos.

Karim le quitó el paño de cocina y la empujó suavemente con la cadera para que se apartara.

El contacto había sido breve y los dos estaban vestidos, pero no pudo evitar pensar en cómo sería sentir su piel y abrazarlo.

–¿Lily? ¿Estás bien? –le preguntó al verla ensimismada.

–¿Qué? Sí, estoy bien. Gracias por todo lo que has hecho hoy.

–Ha sido un placer –repuso Karim.

–Hayley puede ser muy persistente. Si no quieres aparecer en la revista, puedo hablar con mi editora y explicarle lo que ha pasado. Sé que lo entenderá.

–No pasa nada, Lily.

–Pero eres... No sería apropiado para un jeque, ¿no? Es como si le dieras la aprobación real a un plato de cocina o algo así.

–No tengo ningún problema con que se interprete así. Me encantó la crema de grosellas.

–¿Les parecerá bien en Harrat Salma?

–No hay nada de malo en las fotos. Son las de un amigo tuyo disfrutando de tu postre en el jardín.

–Pero van a reconocerte.

–¿Y qué?

No sabía por qué le molestaba tanto si él parecía estar tranquilo.

–La verdad es que me lo he pasado muy bien, ha sido divertido.

–Hayley comentó que debías tener experiencia posando en sesiones fotográficas.

–Es verdad, estoy acostumbrado a que me hagan fotos.

–Pero ella debió de pensar que eras modelo o algo así –le dijo ella–. Y parecía tener muy claro que eras homosexual.

–Si supiera que cuando lamía esa cuchara no dejaba de pensar en saborearte a ti...

Se quedó sin aliento al oírlo. Supo que no iba a poder olvidar sus palabras.

–Karim... –susurró ella.

–Va a ocurrir, Lily –afirmó él mirándola con firmeza–. Tarde o temprano, va a ocurrir.

Ella había estado pensando en lo mismo, pero había sido sólo una fantasía.

–No, no... –repuso con nerviosismo–. Yo no...

–¿No qué? ¿No sales con hombres? Las normas hay que romperlas de vez en cuando.

Ella no estaba tan segura. La última vez que había roto una de sus normas, había terminado con el corazón roto y arruinada. Sabía que Karim era distinto y la situación también, pero tenía miedo. Lo deseaba, pero temía que acabara por sentir algo más que deseo.

Karim pareció adivinar lo que le pasaba. Se secó con el paño y tomó una de sus manos.

–Va a ser perfecto –susurró Karim–. Tienes que confiar en mí.

Eso era lo que más le costaba, confiar en la gente. Era su talón de Aquiles.

Sacudió la cabeza, no quería tener que contarle todo lo que le había pasado.

–Lily, no voy a hacerte daño –le prometió mientras besaba la palma de su mano–. Pero creo que necesitas un poco de espacio ahora mismo. Sabes dónde encontrarme si me necesitas.

Sentía que ya lo necesitaba, ése era el problema. Su vida se complicaba por momentos.

–Hasta pronto, *habibti* –le dijo Karim con la voz llena de promesas.

Capítulo Cinco

Lily durmió muy mal esa noche. Veía la intensa mirada de Karim cada vez que cerraba los ojos y no podía dejar de pensar en sus palabras. A penas podía controlar su deseo.

Se levantó con dolor de cabeza y no se le pasó hasta que se tomó el café, dos analgésicos y una ducha templada. Así se le fue la jaqueca, pero seguía intranquila y nerviosa. No podía dejar de pensar en Karim. Tenía que hacer algunas compras y pensó que podría salir para no tener que verlo cuando llegara a su casa, pero no era una cobarde y no iba a empezar a portarse como una.

—Buenos días —le dijo Karim cuando ella le abrió la puerta de su casa a las nueve en punto.

—Buenos días —repuso—. Sabes dónde está la cafetera, así que prepárate un café si quieres.

—Llevas zapatos —comentó Karim.

—Tengo que ir al mercado. Hay un par de puestos donde venden verduras biológicas. Si voy temprano, podré comprar los mejores productos para mi cliente.

—Es verdad, esta noche tienes que servir comidas.

—Así es —repuso—. Y también tengo que ir al carnicero.

—Muy bien. Pero será mejor entonces que dejemos

50

esto aquí –le dijo Karim mientras le entregaba una bolsa–. Aunque está envuelto en plástico con burbujas, es bastante frágil.

–¿Qué es?

–Ya lo verás cuando volvamos –repuso Karim–. ¿Tienes tu bolso? ¿La lista? ¿Las llaves?

–¿Vamos ahora mismo al mercado? –preguntó con algo de confusión.

–Es lo que querías hacer, ¿no?

–Pero, ¿vienes conmigo?

–Soy tu ayudante. Iré contigo y te ayudaré a llevar las bolsas. Pero la verdad es me gusta ver que confías lo suficiente en mí como para dejarme solo en tu casa.

–Sería mucho más fácil si pudiera ir sola. Después de todo, ¡eres el príncipe de Harrat Salma!

–El título no me impide llevar bolsas con comida.

–¿Y si alguien se entera y aparecen los paparazzi?

–La verdad es que no suelen molestarme ni perseguirme tanto como piensas, sólo cuando voy a fiestas –le dijo Karim con una sonrisa–. Creo que para ellos soy demasiado aburrido.

Aburrido era el último adjetivo en el que pensaba cuando lo miraba, pero no dijo nada.

–No te preocupes, no vas a tener que ver tu fotografía en las revistas del corazón ni leer un artículo en el que hablan de cuánto tiempo llevas acostándote conmigo.

–Pero, ¡no me he acostado contigo! –replicó ella sonrojándose.

–Eso ya lo sé –repuso él.

Karim no lo dijo, pero vio en sus ojos que creía que era sólo cuestión de tiempo y no pudo evitar estremecerse. Le habría sido muy fácil dejarse llevar por lo que estaba sintiendo, abrazarlo y besarlo como él había hecho durante la fiesta de Felicity Browne. Aún recordaba cómo se había sentido cuando besó la palma de su mano el día anterior.

–No vas a tener fotógrafos acampados frente a tu casa, te lo prometo –le aseguró él–. Conmigo estás a salvo. Y será agradable no tener que llevar todo el peso de las compras tú sola, ¿no?

–Muy bien. Ven al mercado si quieres, pero no quiero que sigas jugando a ser mi aprendiz. Tengo que cocinar y hay ciertas reglas de higiene que cumplo a rajatabla.

–Conociéndote, no me sorprende –repuso Karim–. ¿Podría al menos probar las cosas y saborearlas?

–Sí, no pasa nada.

–¿De verdad? –preguntó con una maliciosa sonrisa–. Menos mal, porque estaba deseándolo.

Antes de que pudiera reaccionar, Karim le dio un delicioso y casto beso en los labios. Aunque fue muy dulce y ligero, no puedo evitar estremecerse y desear que no hubiera sido tan breve.

Con manos temblorosas, tomó su bolso y abrió la puerta para salir a la calle.

Karim no abrió la boca mientras iban al mercado. Pero sus manos se rozaron de vez en cuando y se preguntó si sería un contacto accidental o completamente premeditado.

Lo miró de reojo, pero su expresión no revelaba nada. No podía saber en qué estaba pensando, pero su deseo crecía por momentos, apenas podía controlarlo.

No le extrañaba que tuviera reputación de donjuán. Nunca había conocido a nadie tan sensual como él y le costó concentrarse en las compras cuando llegaron al mercado.

Intentó después fingir impasibilidad cuando volvían a su casa, pero estaba a punto de sufrir un ataque de nervios. Y él debió notarlo al ver que no acertaba a meter la llave en la cerradura.

–Yo lo hago, *habibti* –le dijo Karim mientras recogía las llaves que se le habían caído al suelo y abría la puerta.

No podía hablar, no podía pensar en nada más y le molestaba tenerlo tan cerca.

–Café –farfulló a duras penas para darle algo que hacer.

–Enseguida.

Le llamó la atención ver lo bien que conocía ya su cocina. Sabía dónde estaba todo y se había acostumbrado a tenerlo allí, pero no podía dejar que su imaginación volara. Recordó que no tenían futuro posible. Ella no iba a dejar que una relación volviera a apartarla de su carrera y a él sólo le quedaban unos meses para volver a su reino en el desierto. Sólo podía haber una breve aventura, nada más.

Comenzó a sacar la comida que había comprado mientras él preparaba café y le sacaba una taza a Rafiq. Cuando volvió, le entregó el paquete con el que había llegado a su casa esa mañana.

–Para ti, *habibti*.

Lo desenvolvió con cuidado y vio que era una delicada escultura en forma de rosa.

–Gracias. Es precioso. ¿Es una escultura típica de Harrat Salma?

–No es una escultura, es una rosa del desierto –le explicó él–. Es una especie de yeso mezclado con arena. En el desierto, ese mineral cristaliza formando una figura que se asemeja a una rosa, por eso se llama así.

–Es precioso, pero no puedo aceptar algo tan valioso.

–Es un mineral, *habibti*, no un diamante. Están en el desierto, cualquiera puede desenterrarlas.

–¿Desenterraste ésta tú mismo? Dijiste ayer que un líder de verdad no puede temer ensuciarse las manos.

–Eso es. Veo que me estabas escuchando.

Le pareció ver una sombra de melancolía en su mirada, pero sólo duró un segundo. Se dispuso enseguida a preguntar lo que tenía que hacer para prepararse para la cena, qué iba a servir y cómo se organizaba. Parecía muy interesado en su trabajo. Se pasó el resto de la mañanatrabajando con ella.

–Te estoy distrayendo, *habibti* –le dijo Karim de repente mientras tomaba su mano–. Creo que te estoy incomodando más que ayudando.

–Así es –reconoció ella.

–Es una pena. Tú también consigues distraerme. Deberías de ver la cantidad de papeles que se acumulan encima de mi mesa.

–¿Qué quieres decir? ¿Vas a irte?

–Después de observarte durante estos días, he visto que dosificas muy bien tu tiempo y que podrías ampliar un poco más tu negocio.

–Así que aún piensas que podría hacer un hueco y aceptarte como cliente, ¿verdad?

–Así es. Voy a darte unos días para que lo pienses y decidas qué es lo que quieres.

Era el hombre más persistente que había conocido nunca, pero le gustó que le diera algo de espacio y tiempo. Pensó que quizás podría sacrificar uno de sus días libres, escribir los artículos en sus ratos libres y hacerle un hueco en su horario.

Eso supondría que no iba a tener tiempo para pensar. Pero pensar era algo a lo que ya había renunciado mientras tuviera a Karim cerca.

–Bueno, ya me contarás el lunes tu decisión.

–¿El lunes?

–Vas a comer en mi casa, ¿recuerdas? –le dijo Karim–. Vendrán a buscarte.

–No hace falta, puedo...

–Sé que puedes ir por tus propios medios, pero déjame hacer esto, por favor. Rafiq vendrá a buscarte a las once y media.

–A las once y media –repitió ella.

–Genial...

Karim levantó su mano. Pero, en vez de darle un cortés beso en el dorso, la giró y la besó en la muñeca, donde su pulso galopaba. Sintió que le fallaban las rodillas. Necesitaba mucho más de él, ya no podía controlar por más tiempo la atracción que había entre los dos.

Sólo podía pensar en su aroma, en el calor que desprendía, en su masculina presencia.

Como si pudiera leerle el pensamiento, Karim levantó un poco más su manga y cubrió de besos su antebrazo. Le costaba respirar con normalidad.

–Karim... –susurró.

–Lo sé –repuso mientras la miraba a los ojos–. Yo me siento igual. Mi cabeza me dice que no lo haga, pero mi cuerpo siente algo completamente distinto. Ha sido increíble verte cocinar, la manera en la que te mueves... Me estás volviendo loco.

–Yo no puedo dejar de pensar en lo que pasó la otra noche en la terraza, cuando me besaste...

–Lily...

Karim tomó su cara entre las manos y dejó que sus bocas se rozaran suavemente. Antes de que pudiera darse cuenta de lo que hacía, llevó las manos a su pelo y él la abrazó. Sin saber cómo, Karim se sentó en uno de los taburetes de la cocina, colocándola a ella en su regazo, a horcajadas. Los dos llevaban vaqueros. Era todo lo que los separaba, pero parecía una barrera infranqueable que necesitaba derrumbar.

Podía sentir su erección contra la pelvis y su cuerpo reaccionó al instante, acercándose aún más.

–Lily, me haces perder el control... –susurró Karim entre beso y beso.

Ella se sentía igual. No podía pensar, sólo dejarse llevar.

Lily atrapó con su boca su labio inferior y comenzó a besarlo como él había hecho unas noches antes. Fue increíble sentir de nuevo su lengua y tenerlo tan cerca. La presión contra su pelvis se acrecentó y no pudo evitar gemir. No podía parar...

Pero Karim se detuvo de manera tan brusca como había empezado.

–Será mejor que paremos –le dijo él con la respiración entrecortada–. Una parte de mí quiere seguir y olvidarme de las reglas de seguridad e higiene alimentaria. Me encantaría arrancarte la ropa y hacerte el amor aquí mismo, en la encimera de granito, pero...

–¿Pero?

–No tengo un preservativo y supongo que tú tampoco –murmuró.

–No...

Imaginó que Karim estaría pensando que era tonta y algo cándida, pero llevaba demasiado tiempo sin salir con nadie para acordarse de esos detalles.

–No pasa nada –repuso él–. Esto tampoco me pasa a menudo...

–¿No?

Le costaba creerlo. Era un hombre alto, apuesto, exótico y con la mirada más intensa que había visto nunca. Las revistas hablaban continuamente de sus conquistas.

–Salgo bastante, pero no suele pasarme esto. No suelo eludir el trabajo con cualquier excusa para poder pasar tiempo con alguien.

–¿Es eso lo que has estado haciendo?

–He tenido que cambiar mis horarios y trabajar hasta tarde por las noches.

–Entonces, ¿qué vamos a...? ¿Qué vamos a hacer con esto?

–Yo sé muy bien lo que quiero –repuso con voz seductora–. Pero no puedo ser egoísta. Tienes un negocio y, aunque sé que podría hacer que te olvidaras de todo, igual que tú haces conmigo, no sería justo para ninguno de los dos. Así que, tendré que hacer lo correcto.

–¿Y eso qué es?

–Dejarte tranquila, darte tiempo para pensar en lo que quieres hacer –le dijo dándole un beso–. Y pensar en lo que quieres que haga yo...

Fue una suerte que estuviera apoyada en la encimera porque, de otro modo, sus piernas no habrían podido sostenerla.

–Hablaremos el lunes.

Quedaban cuatro días.

Cuatro días para intentar recuperar el sentido común o para volverse completamente loca.

–El lunes... –repitió ella.

–Hasta pronto, *habibti* –le dijo Karim besándola una vez más.

Un beso ligero y breve para dejarla con la miel en los labios y deseando mucho más.

Capítulo Seis

Karim le había dado a Lily cuatro días para que pudiera tener un poco de tiempo para pensar, pero se le estaban haciendo eternos.

Lo echaba de menos. Y, aunque era una profesional, esos días no tenía la mente en lo que hacía.

—¿Por qué no hablamos de ello? —le sugirió Hannah el sábado por la noche.

—¿De qué?

—De lo que sea que tienes en la cabeza estos días.

—Estoy bien —mintió.

—Me preocupas, Lily —le dijo su amiga con un breve abrazo—. Trabajas demasiado y desde que rompiste con Jeff, no has...

Hannah se detuvo antes de terminar la frase.

—Lo siento, sé que he hablado con poco tacto. Después de lo que estoy pasando con mi matrimonio, entiendo que no quieras estar con nadie. Pero ya han pasado cuatro años, Lily. Creo que te vendría fenomenal salir un poco y pasártelo bien.

—¿Hablas de una aventura amorosa?

La pregunta salió de sus labios antes de que pudiera pensárselo dos veces.

Hannah abrió sorprendida la boca. Después la miró con más interés.

—¿Has conocido a alguien?

–Sí. No –repuso ella con algo de nerviosismo–. Es complicado... Bueno, más o menos complicado. No tiene futuro.

–Te conozco bien, así que imagino que no está casado.

–No, no lo está –repuso ella–. Pero no va a pasar mucho más tiempo en el país.

–Bueno, entonces sería como uno de esos romances de verano. Es perfecto. Sin ataduras ni compromisos. Sin tiempo para preocuparte por sufrir una decepción. Disfruta y pásatelo bien. Sin más.

–¿De verdad crees que es así de simple?

–Por supuesto –repuso Hannah con una gran sonrisa–. Tienes que hacerlo, te vendrá fenomenal.

Durante el resto de la velada, estuvieron demasiado ocupadas como para seguir hablando del tema, pero ella sólo podía pensar en las horas que quedaban hasta el lunes.

En más de una ocasión, había sacado su teléfono móvil para llamar a Karim, pero no había tenido valor para hacerlo.

Le había dado cuatro días para pensar en lo que quería hacer. No sabía si acostarse con él o aceptarlo como cliente. Quizás pudiera incluso hacer las dos cosas.

Creía que no sería fácil satisfacer sus gustos culinarios. Imaginó que no iba a contentarse con que les sirviera emparedados y canapés a sus invitados. Le daba la oportunidad de explorar nuevos mundos gastronómicos y ampliar su repertorio.

En su agenda no tenía huecos, pero no se le olvidaba que no era un cliente más en su exclusiva lista, sino un trabajo puntual.

No iba a ser fácil, pero decidió adaptar su semana para poder ayudarlo. Le gustaba Karim y quería ayudarlo. Y, como iba a romper una de sus normas, decidió que no pasaría nada si las rompía todas, al menos una vez en su vida.

El lunes por la mañana se levantó hecha un manojo de nervios. Ni siquiera sabía qué ponerse. Una camiseta y vaqueros le pareció un atuendo demasiado informal. Después de todo, iban a hablar de negocios. Podía llevar el vestido negro que solía ponerse en las fiestas de sus clientes, pero era el que había llevado a la de Felicity y no le pareció buena idea.

Al final, decidió ponerse unos pantalones negros, una camiseta de tirantes azul y una chaqueta de encaje. Con zapatos de tacón, le hacía parecer profesional.

Pasó una hora trabajando en el portátil, haciendo como que planeaba sobre qué trataría su siguiente artículo, pero sin poder dejar de pensar en que iba a romper ese día todas sus reglas.

Llegó poco después Rafiq para recogerla.

–Señorita Finch –le dijo cuando abrió la puerta–. Por aquí, por favor.

–Gracias, Rafiq –repuso ella.

Era una sensación extraña que la llevaran en un coche tan lujoso. Estaba acostumbrada a conducir ella misma la pequeña furgoneta que usaba para su trabajo. Rafiq era educado, pero poco hablador. Intentó hacerle alguna pregunta sobre su jefe, pero le contestó con meros monosílabos y ella acabó rindiéndose. Se dio cuenta de que el guardaespaldas de Karim era tan discreto como había oído.

Después de un tiempo, llegaron a su destino y Rafiq se bajó primero para abrirle la puerta. La acompañó hasta la entrada de un exclusivo edificio de apartamentos.

–¿No va a entrar conmigo? –le preguntó.

–Karim me ha dado la tarde libre. Pero, si me necesita, sabe dónde encontrarme.

El hombre se despidió y le dio las gracias por hacer que Karim le sacara café caliente y comida.

Cuando se fue, presionó el botón que le había indicado, parecía ser el del ático.

–Buenas días, Lily –contestó Karim poco después.

–Buenas días.

–Estoy en la tercera planta, toma el ascensor.

Hizo lo que le indicaba. Estaba nerviosísima.

Había dos puertas en el pasillo. Una parecía la salida de emergencia, la otra debía ser la del apartamento de Karim. Respiró profundamente y fue hacia ella.

Karim no tardó en abrir cuando llamó con los nudillos. Su sonrisa consiguió estremecerla.

–Hola, Lily –le dijo–. Pasa, por favor.

El suelo estaba cubierto con una lujosa y mullida moqueta. No quería estropearla y se quitó los zapatos de tacón antes de seguir a Karim hasta el salón.

Era una sala amplia y luminosa. Una de las paredes era de cristal del suelo al techo y las puertas daban a una fabulosa terraza.

Los sofás de piel parecían cómodos y lujosos. Le llamaron la atención la escultura que tenía en una mesa baja y los marcos de fotos sobre la repisa de la chimenea.

Estaba acostumbrada a las fastuosas casas de sus clientes, pero el piso de Karim era mucho más lujoso de lo que esperaba, parecía estar en otro mundo.

Lo miró entonces. La manera en la que Karim la observaba consiguió que se estremeciera de nuevo. Llevaba días convenciéndose de que debía dejarse llevar y disfrutar de aquello.

–¿Te apetece beber algo? –le preguntó Karim.

–Sí. Algo sin alcohol, por favor.

–De acuerdo. Ven conmigo.

La cocina era casi tan grande como la de ella. Estaba muy limpia y tenía todos los electrodomésticos y aparatos que le habría gustado comprar si se lo hubiera podido permitir.

Ver la cocina la hundió en un mar de dudas. No sabía qué hacer. Una parte de ella quería explorar la sala y ponerse a guisar. La otra, deseaba arrancarle la ropa a ese hombre y rodar con él por el suelo de la maravillosa cocina.

–¿Lily? –murmuró Karim al ver que no reaccionaba.

–Lo siento. Es que no puedo dejar de mirarla, supongo que estaré babeando, ¿verdad?

Karim se echó a reír.

–¿Por la cocina o por mí?

No se atrevió a contestarle, pero se sonrojó. Aprovechó para sacar una caja de su bolso, era la excusa perfecta para esconder cómo se sentía.

–Toma, te he traído unos bombones para darte las gracias por invitarme.

Los había comprado en la misma confitería que había elegido él la semana anterior. Y había recordado cómo le gustaba el chocolate: fuerte, intenso y algo picante.

–Éstos me encantan –le dijo Karim al verlos–. Gracias. Los tomaremos con el *gahwa saada*, el tradicional café árabe, después de la comida.

Algo olía muy bien en la cocina. Reconoció el aroma de algunas especias, tomates y ajos.

–¿Has hecho una comida típica de Harrat Salma?

–No me creíste cuando te dije que podía cocinar, así que decidí que tenía que demostrártelo. Hice la mayor parte anoche, para macerar los ingredientes y que sus sabores fueran más intensos y se mezclaran bien.

–Pero eres un príncipe, ¿no tienes empleados que puedan hacer estas cosas por ti?

–En Harrat Salma, sí. Pero aquí no. Ya hemos hablado de esto. Hago mi propia comida. Además, me gusta hacerlo. Me relaja y así puedo pensar. La mayoría de los platos árabes requieren mucho tiempo y paciencia. Y ésa es una virtud que siempre conlleva una recompensa.

Supo exactamente en qué tipo de recompensa estaba pensando Karim.

A ella le pasaba igual. La situación era insostenible.

Pensó entonces en lo que le había dicho sobre el tiempo que necesitaban los sabores para mezclarse.

–Veo que los sabores son tan importantes para ti como para mí –le dijo–. ¿Por qué no preparas tú la comida para esas reuniones?

–Porque, aunque puedo hacer muchas cosas a la vez, no me veo capaz de mantener una reunión con posibles e importantes inversores mientras preparo y sirvo la comida. Es buena idea y te agradezco la confianza, pero no sería posible.

Sacó una jarra de cristal de la nevera y sirvió dos vasos con una bebida.

–Bienvenida a mi casa –le dijo mientras le entregaba uno de ellos.

–Gracias.

Le dio un sorbo. Era una bebida muy refrescante.

–Se llama *sharbat* y es de naranja. ¿Qué crees que lleva? –le preguntó Karim.

–Zumo de naranja recién exprimido, agua mineral con gas y parece que has estado macerando la bebida con unas hojas de menta.

–Te has acercado mucho, pero te falta un ingrediente.

No tenía ni idea y se encogió de hombros.

–Agua de azahar –le dijo él mientras sacaba otra botella del frigorífico.

La abrió para oler el agua.

–Sería perfecto para aromatizar un sorbete de frutas... –murmuró ella.

–Buena idea, intentaré recordarlo –repuso Karim–. ¿Estás lista para comer, *habibti*?

–Por supuesto, ¿puedo hacer algo para ayudarte?

–No, todo está hecho. Ven a sentarte.

La llevó hasta el comedor. La mesa era enorme y a un lado de la gran sala había un escritorio. Imaginó que allí era donde trabajaba.

La mesa estaba frente a los ventanales y tenía una hermosa vista del parque.

–¡Qué mesa tan bonita! –le dijo al ver la vajilla y cristalería que había colocado Karim.

–¿Qué esperabas? ¿Una mesa baja, cojines y una especie de tienda del desierto?

–Bueno, lo de la tienda, no. Pero sí que esperaba algo más exótico –admitió ella.

–Eso lo podemos arreglar. Sólo tengo que chasquear los dedos –repuso él.

–Muy gracioso. ¿Qué me vas a decir ahora? ¿Que tienes un genio metido en una lámpara?

–No –dijo él riendo–. Y lo de la tienda no sería práctico, no podría ver las estrellas.

–Pero si en Londres no se pueden ver. Es una de las cosas que más me gusta hacer cuando visito a mi madre y a Yves en Francia. Viven en un pequeño pueblo y desde su casa se ven miles de estrellas –le dijo ella–. Yves es mi padrastro –añadió al ver que fruncía el ceño–. Viven en medio de la nada. Están bien comunicados, a treinta minutos del aeropuerto de Marsella, pero en su casa es fácil sentir que estás perdida en medio de la Naturaleza. La vida allí es mucho más tranquila, se disfruta más.

–Pasa lo mismo en el desierto –comentó Karim–. Pero seguro que no has visto nunca estrellas como las que se ven desde Harrat Salma.

–Lo echas de menos, ¿verdad?

–Sí y no. Llevo la mitad de mi vida en Inglaterra.

–¿Estudiaste aquí?

–Desde los trece años.

–Sería muy duro vivir tan lejos de tu familia.

–No estaba solo. Mi...

Se detuvo de repente, como si no quisiera seguir hablando.

–Bueno, basta de charla. Es hora de comer. Siéntate, *habibti*.

Se quedó pensando en lo que había estado a punto de decirle, le pareció que iba a decir «hermano», pero no había leído en ningún artículo que Karim tuviera hermanos.

–No tenías por qué molestarte tanto –le dijo al ver la cantidad de platos que colocaba en la mesa.

–Ya te he dicho que me gusta mucho cocinar. Me ayuda a pensar. Deja ahora que te explique.

Karim le dijo los nombres de todos los platos. Algunos ya los conocía, como el *tabuleh* o el *falafel*. Otros la sorprendieron, como los calabacines y berenjenas rellenos de cordero y arroz.

–Riquísimo –murmuró ella después de probar un poco de cada plato–. Eres muy valiente, poca gente se atreve a cocinar para una chef profesional.

–No suelo amilanarme fácilmente –repuso Karim–. Además, prefiero que me aconsejes cómo mejorarlos. No necesito los comentarios educados de una invitada, sino tu opinión profesional.

–Bueno, has conseguido equilibrar bien los sabores y texturas. Tienes pan para los platos con más salsa. Lo único que no entiendo es por qué se sirven templados en vez de calientes.

–Es la manera tradicional. Supongo que pasa con muchas de las gastronomías del Mediterráneo.

–Si te cansas de ser jeque, te aconsejo que te hagas cocinero.

–¿Podría ser entonces tu aprendiz? –le preguntó Karim.

–No. Cocinando también como cocinas, conseguirías convertirte en mi socio en poco tiempo.

–¿Socio? Lo tendré en cuenta... –repuso él con un brillo especial en la mirada.

Sabía que no estaban hablando de lo mismo y se sintió algo acalorada.

Se le secó la boca al pensar en lo que iba a ocurrir esa noche y vio que le temblaba un poco la mano cuando tomó el vaso para beber. De postre le sirvió un sorbete aromatizado con agua de rosas y decorado con semillas de granada.

–¡Qué combinación tan interesante! Me encanta la textura, el color y el sabor que tiene.

–Las granadas representan el deseo prohibido –le explicó Karim.

–Perséfone –murmuró ella.

Recordaba muy bien el personaje mitológico que representaba ese mismo deseo. Su madre le había explicado la historia después de que la vieran en uno de los cuadros de un museo.

–Algunas culturas creen que Eva fue tentada con una granada, no con una manzana.

Las palabras de Karim le hicieron pensar en la tentación, una palabra que asociaba con ese hombre. Se lo imaginó dándole de comer una granada y no pudo evitar sonrojarse.

–*Habibti*, ¿estás bien?

No, no estaba bien. Lo deseaba tanto que no podía pensar en otra cosa.

–Vamos a la cocina, voy a prepararte el café –le dijo él.

Se sentó en un taburete y lo observó. Calentó agua en un pequeño cazo y echó allí el café.

–Se hace casi como el café turco, ¿no?

–Más o menos, pero en mi país añadimos otras cosas. Algunos lo hacen con azafrán, otros con agua de azahar. A mí me gusta a la manera tradicional, con media cucharadita de especias por cada cucharadita de café molido.

Vio que añadía cardamomo. Una vez listo, sirvió un poco en dos tazas bajas y sin asa.

–Bienvenida a mi casa, Lily –le dijo mientras le entregaba una–. A tu salud.

–Gracias. Y a la tuya.

Karim la observó mientras bebía.

–¿Te gusta?

–Creo que es un sabor al que hay que acostumbrarse...

–Lo educado es beber tres tazas –repuso él con una sonrisa maliciosa.

–¿Tres tazas?

–No se sirven hasta arriba. Por eso te he puesto sólo un poco. Lo justo para tres sorbos. El primero es por la salud. El segundo sorbo es por el amor y el tercero, por las futuras generaciones –le explicó mientras le servía un poco más–. Balancea la taza de lado a lado para indicar que ya no quieres más. Mira, así –añadió mientras lo hacía él.

–Pero es de mala educación negarse a tomar tres, ¿no?

–Sí. Pero, como estás en tu país y no en el mío, no voy a torturarte si no lo haces.

–Me alegra saberlo –le dijo mientras tomaba otro sorbo–. Karim, los últimos cuatro días...

–Lo sé. A mí me ha pasado igual. Estuve a punto de rendirme y llamarte en mitad de la noche, pero imaginé que no te habría gustado que te despertara a esas horas.

–Seguro que también estaba despierta –admitió.

–Entonces, has tenido tiempo para pensar en la situación.

–Sí y estoy volviéndome loca –le dijo–. Creo que los dos lo estamos.

–No puedo dejar de pensar en ti. Te veo cada vez que cierro los ojos. Nunca me había pasado...

–A mí me ocurre lo mismo. Pero sé que no es buena idea...

Vio que Karim estaba observando sus labios. Ella hacía lo mismo. Lo deseaba tanto...

–Hagámoslo ya –le dijo ella sin pensar–. Será mejor que nos lo quitemos de encima cuanto antes.

–¿Estás segura?

Estaba segura de que quería acostarse por él. Pero no tenía tan claro que ésa fuera la cura para la obsesión que había estado controlándola desde que lo conociera.

Vio que Karim estaba esperando a que contestara. Balanceó la taza como él le había enseñado, la dejó sobre la encimera y se acercó a él. Enterró los dedos en su oscuro cabello y lo besó.

Capítulo Siete

Karim perdió por completo el control en cuanto Lily lo besó. La abrazó y le encantó sentir de nuevo la suavidad de sus pechos contra su torso, pero necesitaba más. Mucho más.

La camisola de tirantes y el delicado bolero de encaje habían estado tentándolo desde que la viera llegar. Con ellos, Lily no enseñaba nada, pero las finas prendas se adaptaban a sus curvas y las llevaba tan pegadas a su piel como él quería estar.

Le había encantado que fuera ella la que tomara la iniciativa. Había sido lo bastante valiente y sincera para decirle lo que deseaba. Los dos sentían los mismo. Llevaban demasiado tiempo controlándose y era increíble sentir que podían ya dar rienda suelta a sus deseos.

Supo en ese instante que iba a ser increíble.

Le quitó la chaquetita sin dejar de besarla y la dejó sobre la encimera. Después bajó con los labios por su esbelto cuello, dejando un camino de besos hasta su hombro. Le bajó el tirante de la camiseta y el del sujetador. No tenía prisa y disfrutó de cada centímetro de su cálida piel, dejando que su aroma lo envolviera.

Lily echó hacia atrás la cabeza, ofreciéndole la garganta y él no dejó pasar la oportunidad.

–Hueles tan bien... Hueles a dulce de leche –murmuró completamente extasiado.

–Es mi jabón de ducha.

–Es delicioso. Pero me temo que ahora tendré que saborearte, Lily. Y tocarte. Y hacerte el amor.

–¿A qué estás esperando? –le preguntó ella con la voz cargada de deseo.

–¿Estás segura?

–Totalmente segura.

–Perfecto –le dijo mientras la tomaba en brazos e iba hacia la escalera.

–¿Adónde me llevas? Pensé que era un apartamento...

–Sí, pero de dos plantas.

Abrió la puerta de su dormitorio con el pie y la dejó en el suelo cuando llegaron junto a la cama.

–Si vas a cambiar de opinión, tienes que hacerlo ahora, Lily.

–No voy a cambiar de opinión –repuso ella mirándolo con seguridad a los ojos.

Aliviado, tomó su cara entre las manos y la besó con suavidad. Después, se apartó lo suficiente para volver a mirarla a sus bellos ojos grises, estaban llenos de deseo.

–No te muevas –susurró antes de ir a la ventana y cerrar las cortinas.

Volvió a su lado, tomó su mano y besó cada uno de sus dedos sin dejar de mirarla a los ojos. Tomó entonces la camisola y se la sacó por la cabeza. Ella levantó los brazos para ayudarlo. Recorrió el borde de su sujetador con el índice, estaba disfrutando con cada sensación. Tenía la piel más suave y cremosa que había tocado nunca.

–Lily, eres preciosa... –murmuró.

–Gracias –repuso ella ruborizándose.

Le encantó que se sonrojara. No parecía acostumbrada a que la halagaran así.

–Esto me parece un poco injusto –le dijo Lily mientras se miraba.

Estaba medio desnuda y él seguía completamente vestido.

–Si no te gustan las cosas, cámbialas –repuso él a modo de invitación.

Lily lo miró unos segundos a los ojos. Después, comenzó a desabrocharle la camisa y la tiró al suelo. Fue increíble sentir sus manos en el torso, en los hombros, en los brazos.

–Karim al-Hassan, tú también eres muy bello –susurró mientras acariciaba su abdomen–. Supongo que vas al gimnasio. Estos abdominales no se mantienen sin esfuerzo.

–No tanto como debiera –admitió él–. Sobre todo cuando mi mejor amigo tiene varios gimnasios y no deja de decirme lo importante que es hacer ejercicio. Pero juego al squash un par de veces por semana y como bastante bien.

Vio que Lily se pasaba la lengua por los labios y tuvo que besarla de nuevo mientras dejaba que las manos recorrieran sus curvas. Estaba deseando verla desnuda y despeinada. Aún parecía una seria mujer de negocios y estaba deseando soltar a la apasionada fiera que llevaba dentro.

–Tu pelo es tan suave –susurró mientras le quitaba las horquillas y lo dejaba caer.

Le desabrochó entonces el sujetador y se quedó sin aliento al verlo caer. Sus pechos eran perfectos y sus pezones, sonrosados y erectos, parecían rogarle que los tocara.

Atrapó uno de ellos entre sus labios, jugando con su lengua y los dientes.

–Karim... –gimió Lily con voz temblorosa.

–¿Es demasiado?

–No, quiero más. Mucho más. Quiero todo lo que puedas darme...

–Eres una avariciosa, pero yo también lo soy –repuso él con una pícara sonrisa–. Yo también quiero todo lo que puedas darme. Te deseo tanto que es como si estuviera en llamas.

–Eso es porque tienes calor, aún llevas demasiada ropa...

–¿Qué sugieres entonces que haga, *habibti*? –preguntó con fingida inocencia.

Sin dejar de mirarlo y con una maliciosa sonrisa, Lily le desabrochó el pantalón y deslizó una mano sobre su erección. Se quedó sin aliento. La deseaba demasiado. Estaba deseando sentir su piel contra la de él y estar dentro de ella.

Lily seguía acariciándolo. Era una tortura...

–Sigue así y no voy a durar ni cinco segundos más... –le advirtió entonces.

Ella sonrió aún más y deslizó un dedo por su erección.

–¿Qué sugieres entonces que haga, Karim? –le preguntó ella imitando sus palabras.

No podía esperar más, tenía que actuar. Desabrochó deprisa los pantalones de Lily y se los quitó. Estaba casi desnuda. Sólo llevaba unas sexys braguitas de encaje negro y el esmalte rosa en las uñas de sus pies.

Le encantó el detalle. Esa mujer personificaba la tentación. E iba a ser suya.

Se quitó la ropa y la tendió sobre la cama.

Lily no recordaba haber deseado a nadie tanto como deseaba a Karim en esos momentos. Estaba segura de que no se había sentido así con Jeff, ni siquiera al principio de su relación.

Karim era perfecto. Su cuerpo era fuerte y musculoso. Tenía el aspecto de lo que era, un príncipe del desierto. Era increíble ver el contraste entre los dos cuerpos, entre la bronceada piel de ese hombre y su pálida complexión, típicamente inglesa.

Se estremeció al sentir que la cubría de besos mientras comenzaba a bajar por su cuerpo. Karim parecía estar encontrando zonas erógenas en su anatomía que ni ella misma conocía. No podía dejar de moverse, estaba desesperada.

Lamió su estómago y mordió sus caderas, no dejó de besarla mientras le bajaba la ropa interior y deslizaba las manos entre sus muslos, separándolos. No podía dejar de gemir.

Supo que él se habría sentido igual cuando ella acarició su erección. Apenas podía controlarse, deseaba sentirlo dentro y ser uno con él.

–Karim, no puedo más, deja de torturarme... Necesito...

–Lo sé, *habibti*. Yo también... –susurró él mientras se levantaba.

Estaba desnudo, pero se movía con seguridad, sin vergüenza. No podía dejar de mirarlo mientras sacaba un preservativo de un bolsillo de su pantalón.

–Espera, deja que lo haga yo –le dijo mientras se lo quitaba.

Abrió el paquete y se lo colocó muy despacio. Le encantó ver que se quedaba sin aliento, le hizo sentirse muy poderosa.

Karim se arrodilló entre sus muslos y ella se dejó caer sobre los suaves almohadones.

–Lily... –susurró él entre beso y beso.

–¿Sí?

–¿Ahora?

–Sí, ahora...

Despacio y suavemente, se deslizó en su interior con movimientos rítmicos y constantes, hasta estar muy dentro.

Sintió que se volvía loca.

No era la primera vez que se acostaba con alguien, no era la primera vez que hacía el amor, pero todo parecía nuevo, distinto, increíble.

Nunca se había imaginado que pudiera ser así, que pudiera sentir tanto.

Se sentía completa, satisfecha, feliz. Como si acabara de llegar a casa después de un largo y tortuoso viaje.

Sabía que no debería sentirse así, que no había posible futuro para los dos. A él le tocaba gobernar un país al lado de la esposa que sus padres eligieran. Y ella tenía su vida en Londres.

Además, se había convencido de que sólo podía ser una aventura temporal, nada más, que su corazón no tenía cabida en esa historia.

–Estoy en el paraíso –susurró Karim mientras ella lo abrazaba con sus piernas.

No pudo ahogar un gemido cuando él embistió con más fuerza aún. No dejaba de besarla en la cara, en el cuello, en la garganta. Eran besos húmedos y cálidos. Todo eran sensaciones y estímulos. Demasiados para que pudiera soportarlos y, al mismo tiempo, sentía que necesitaba más, mucho más.

Karim debió de adivinar que estaba a punto de alcanzar el clímax porque de repente bajó el ritmo de sus movimientos para concentrarse en ella. Se deslizó hasta estar casi fuera de su cuerpo y, cuando volvió a entrar, lo hizo con la intensidad perfecta.

Ya había imaginado que sería tan bueno en la cama como lo había sido en la cocina. La primera vez que la besó, en la terraza de Felicity Browne, ya había soñado con cómo sería estar en esa cama, pero nada podía haberla preparado para lo que estaba sintiendo.

No tardó en alcanzar el clímax y fue increíble. Sintió que estaba flotando, como si estuviera bailando y dando vueltas con él en un salón iluminado con la luz de miles de velas. Karim se estremeció y supo que él también estaba sintiendo lo mismo.

Lily tardó en volver a la realidad. Acurrucada entre los brazos de Karim y con la cabeza sobre su torso, se sintió cómoda, feliz y muy segura. Sabía que podría dormirse allí mismo y dejar que él la despertara después con besos y caricias.

Pero era lunes por la tarde y le parecía decadente pasar el resto del día durmiendo, los dos eran personas muy ocupadas.

–¿Qué te ha parecido? ¿Crees que ha ayudado a que nos quitáramos de encima esa tensión?

–No, no del todo. ¿Qué opinas tú? –le preguntó Karim mientras la miraba a los ojos.

–Que necesito más –repuso ella con una sonrisa.

No sólo no había aplacado su deseo, sino que la había dejado necesitando más. Después de saber cómo era hacer el amor con Karim, no quería tener que renunciar a él.

—Entonces, ¿qué hacemos?

—Es increíble tenerte aquí, cálida y desnuda, entre mis brazos –susurró Karim–. Y aún hueles a dulce de leche... Voy a ir por los bombones que me has traído y los comeremos aquí en la cama. A no ser que tengas algo urgente que hacer hoy, sugiero que no nos movamos de aquí.

—No me refería a qué íbamos hacer ahora mismo. Aunque creo que deberíamos levantarnos.

—No, no es verdad. No hay nada urgente... –le dijo Karim–. Pero te entiendo. Quieres saber qué vamos a hacer después de lo que ha pasado –añadió mientras le apartaba un mechón de la cara–. Podríamos fingir que no ha ocurrido nada o podríamos seguir. Pero, Lily, ya sabes que no puedo ofrecerte nada permanente.

—Lo sé. Y no importa. No busco una relación, la verdad es que no tengo tiempo –repuso ella con una sonrisa–. Acabo de saltarme una de mis normas al hacer el amor contigo. Y me temo que voy a saltarme también el resto. Iba a decírtelo antes, pero me distrajiste... Estoy dispuesta a hacerte un hueco y cocinar para ti.

—No, no. No deberíamos mezclar los negocios con el placer –repuso él–. Olvida lo de las reuniones de trabajo, Lily. Me las arreglaré. No te preocupes por eso.

—No tienes por qué hacerlo solo. Supongo que se trata de un almuerzo y un café, ¿no?

–Algo así, pero no quiero complicarte más la vida.

–¿Y lo dices tú, que te has pasado la semana en mi casa, distrayéndome? –repuso ella riendo.

–Fui un egoísta, lo reconozco. Todo el mundo necesita tiempo libre. No quiero que tengas que trabajar sin descanso durante una semana para poder hacer esto por mí.

–¿Y tú? ¿Te tomas acaso días de descanso?

–No –admitió Karim–. Siempre hay alguien con quien hablar, informes que leer, planes...

–Somos tal para cual –repuso ella–. Como es algo temporal, sé que podré hacerlo, no te preocupes. Por cierto, ¿a qué te dedicas?

–Pensé que me habías buscado en Internet.

–Sí, pero en esos artículos sólo decían que eras el príncipe Karim al-Hassan de Harrat Salma y que no te pierdes ni una fiesta, donde siempre te ven en compañía de alguna bella, alta y rubia mujer que es distinta cada semana.

–Lo primero es verdad. Lo segundo es parte de mi leyenda –le dijo Karim mientras enredaba los dedos en su melena–. Para que lo sepas, me gusta mucho más cierta mujer de mediana estatura, pelo castaño y deliciosas curvas. Por cierto, ¿sabías que tu pelo no es sólo castaño? Tiene reflejos dorados y cobrizos cuando le da la luz del sol.

No pudo resistir la broma fácil.

–No me tomes el pelo –le dijo.

–Bueno, no todo es perfecto. No tienes demasiada gracia con los juegos de palabras –repuso Karim–. Y, volviendo al tema de mi trabajo, si voy a muchas fiestas y almuerzos es porque es la manera más sencilla de hacer contactos.

–Entonces, ¿quién eres en realidad? ¿Qué es lo que haces?

Karim se quedó pensativo, no sabía cómo contestar. No era algo de lo que soliera hablar a menudo, pero quiso ser honesto con ella y decirle la verdad.

–Estudié para ser vulcanólogo.

–¿Vulcanólogo? ¿Tenéis volcanes en tu país? Pensé que en los países árabes...

–¿Crees que todos somos como Lawrence de Arabia y que sólo hay dunas y camellos? Tenemos desiertos, pero no es así todo el país. Por eso se llama Harrat Salma. «Harrat» es una palabra árabe que se refiere a los campos de lava que suelen rodear a los volcanes.

–¿Son volcanes activos?

–Los de mi país no lo han sido durante miles de años. Ha habido algunas más recientes en Yemen. La última en el 2007. Y algunas décadas antes las hubo en el mar Rojo.

–¿Has estudiado todas esas erupciones?

–Sí. Me licencié en Geología y estudié los volcanes *in situ.*

También había estado a punto de terminar su doctorado en Vulcanología, pero decidió no decírselo. No quería tener que explicarle por qué había tenido que abandonar sus estudios.

–Fueron meses increíbles, me encantaba hacer el trabajo de campo, sobre todo en mi país. Una vez montamos el campamento en el cráter de un volcán. Podíamos ver el brillo de los minerales por la noche, reluciendo a la luz de la luna. Era como dormir entre estrellas.

Esa experiencia le había hecho pensar que a los amantes de la aventura les encantaría poder vivir algo así. Era una manera de promocionar el turismo en su país y siempre había soñado con dedicarse a dirigir esas expediciones. Pero la muerte de su hermano lo había cambiado todo.

–Vulcanólogo –repitió Lily pensativa–. Es lo último que habría sospechado. Como aquí ni siquiera tenemos volcanes...

–Sí que los hay –le corrigió él–. No son activos, pero Edimburgo se levanta sobre un volcán extinto, el Asiento de Arturo.

–Entonces, ¿dónde están los volcanes activos que tenemos más cerca?

–En Italia y en Islandia –le contestó mientras cambiaba de postura para que Lily pudiera apoyar la cabeza en su hombro y abrazarlo.

Hacía mucho que no hablaba de esas cosas, pero con ella se sentía cómodo. Sabía que podía entenderlo, ella también sentía pasión por lo que hacía.

–Me encantó Islandia cuando estuve allí. Fue increíble ver el sol de medianoche sobre los campos de hielo. Es tan distinto a mi país... Pero en algunos sitios era muy similar, también tiene campos de lava –murmuró él–. Es un país espectacular. Aunque conozcas el origen científico de la Aurora Boreal, sigue siendo un espectáculo lleno de magia, no parece de este mundo –añadió mientras le daba un beso en la frente.

–Sientes lo mismo por los volcanes que yo siento por la cocina –le dijo Lily.

–Así era –repuso con algo de tristeza–. Pero ya no tengo tiempo para esas cosas...

–Pero lo echas de menos, ¿verdad?

Lily había adivinado cómo se sentía, aunque era algo en lo que intentaba no pensar. Había llenado su agenda con trabajo y fiestas para no pensar en su verdadera pasión ni en la vida que había tenido que dejar atrás.

–Estoy demasiado ocupado para echarlo de menos –le dijo.

–Ha sido toda una sorpresa. Un vulcanólogo... –murmuró Lily de nuevo.

–¿A qué pensabas que me dedicaba?

–Ya había imaginado que no te dedicabas sólo a ir de fiesta en fiesta –repuso Lily–. Pero pensé que tendría algo que ver con el petróleo o las finanzas.

–No somos un país con demasiado petróleo. En cuanto a las finanzas, ¿qué te hizo pensar así?

–La manera en la que hablas, no sé. Me dio la impresión desde el principio de que debías de haber estudiado en algún colegio elitista de Inglaterra. Y que después habríais ido a Cambridge u Oxford. Puede que también hicieras un master de negocios o algo así.

Le sorprendió que pudiera haber adivinado tanto por su manera de hablar y su acento.

–Me dejas boquiabierto –admitió–. No acertaste con la Vulcanología, pero en el resto... Has dado en el calvo. Fui a Eton y después a Cambridge. Y también hice un master.

–¿Te gustó?

–Supuso todo un reto desde el punto de vista intelectual –respondió con un tono frío y neutro.

–Pero nada como tus volcanes, no consiguió llenarte, ¿verdad?

Lily parecía tener facilidad para ver más allá de

sus palabras. Pero no dijo nada más, no quería decir nada que pudiera considerarse una falta de lealtad hacia su familia ni hacia las obligaciones que tenía como heredero de Harrat Salma.

–Al menos tus padres te permitieron hacer durante un tiempo lo que de verdad te gusta.

–Sí –repuso él con un nudo en la garganta.

No podía decirle por qué ya no se dedicaba a lo que de verdad le apasionaba. A sus padres no les había importado que estudiara Geología cuando era el segundo hijo. Pero la muerte de Tariq lo había cambiado todo, también su vida. Y nadie había tenido que convencerlo para que asumiera la que era su responsabilidad y su deber.

No había querido esperar a que sus padres tuvieran que pedirle que dejara los estudios y volviera a Harrat Salma, habría sido demasiado duro para ellos.

Abandonó su sueño de convertirse en doctor experto en Vulcanología y regresó entonces a su país. Pasó por el periodo de luto a su lado y les prometió que dedicaría su vida a Harrat Salma.

–No hagas eso –le dijo ella con amabilidad–. Puedes hablar conmigo...

Pero no era cierto, no podía hablar de ello. Era demasiado pronto.

–Necesito una ducha –comentó para cambiar de tema–. Ven conmigo.

–Karim... –insistió Lily.

–No quiero hablar de eso, ¿de acuerdo? Estoy bien –le dijo.

–Guardarse las cosas no es bueno.

–Estoy bien –repitió–. Ven, quiero enseñarte mi ducha.

Estaba seguro de que conseguiría que Lily se olvidara de lo que habían estado hablando y dejara de hacerle preguntas.

–¿Esto es el baño? –preguntó Lily al verlo.

Las paredes de la habitación estaban cubiertas hasta el techo de grandes azulejos blancos con un borde azul. Grandes paneles de cristal rodeaban la zona de la ducha. Los lavabos eran minimalistas y estaba encastrados en una gran repisa de granito.

–Es una maravilla. Mi baño me parece tan anticuado ahora...

–Tu baño es perfecto para el tipo de casa que tienes. Pero este apartamento es de estilo moderno. Toda la decoración está pensada para que haya luminosidad.

–Pero, ¿no echas de menos tener una bañera?

Hizo una pícara mueca antes de contestarla.

–Tengo una bañera, no te preocupes. Luego te la enseño. Está en otro baño. Pero, vayamos por partes, ésta es mi ducha –le dijo mientras tomaba su mano y la llevaba hasta allí–. ¿Qué prefieres? ¿Una cascada o lluvia?

Lily frunció el ceño sin entender a qué se refería. Estaba deseando mostrárselo.

–Empezaremos con la lluvia –murmuró mientras abría el grifo.

Capítulo Ocho

—¡Dios mío!

Lily había visto baños parecidos en las revistas de decoración que tanto le gustaban a su amiga Hannah, pero nunca había estado en uno de ellos.

El agua cubría más superficie de lo normal en otras duchas, la suficiente para que se ducharan cómodamente los dos. Caía con suavidad y entendió el nombre, era como estar bajo una tormenta de verano. Cerró los ojos y levantó la cara.

Karim tomó el gel y comenzó a enjabonar todo su cuerpo. Se concentró en sus hombros y en la espalda, masajeándola para deshacer toda la tensión que acumulaba allí. Fue bajando después por su cuerpo hasta llegar a las nalgas.

La hizo girar entonces para quedar cara a cara.

—¿Te gusta?

—Me encanta... —suspiró ella.

Era increíble que la mimara tanto, hacía mucho que no la dedicaban tanta atención.

Se estremeció cuando comenzó a enjabonarle los pechos y jugar con sus pezones. Después siguió por sus costillas y llegó al estómago.

No pudo evitar echarse a temblar cuando vio que se ponía de rodillas frente a ella. El agua había peinado hacia atrás su oscuro pelo y parecía uno de esos modelos que solía ver en las revistas. Era tremendamente sexy y apuesto. El tipo de hombre con el que soñaba cualquier mujer.

Karim se dispuso a acariciar sus piernas con ayuda del jabón, comenzando por los tobillos y subiendo muy despacio por sus pantorrillas, la parte de atrás de las rodillas y los muslos, separándolos levemente.

Levantó entonces hacia ella la mirada, había mucho deseo en sus ojos. Sintió que le temblaban las rodillas y tuvo que agarrarse a sus hombros para no perder el equilibrio.

Él se enjabonó bien las manos y comenzó a acariciar su sexo, acercándose peligrosamente a su clítoris, pero sin tocarlo directamente. No podía dejar de estremecerse, sabía que lo estaba haciendo a propósito para torturarla. Sus caricias fueron ganando en intensidad.

Intentaba ser fuerte y no dejarse llevar por el deseo.

Pero, cuando Karim dejó de tocarla con la mano para hacerlo con la boca, perdió por completo el control. Echó hacia atrás la cabeza y se dejó llevar por una ola de intenso placer mientras la lluvia artificial la empapaba.

Karim sujetaba con firmeza sus caderas, se sentía completamente a su merced. Algún tiempo después, se levantó y tomó su cara entre las manos.

–Lo siento –le dijo con una pícara sonrisa–. No pude resistirme.

–Karim... Ha sido... –murmuró ella–. Ha sido increíble.

–Me alegro.

–Ahora me toca a mí.

–No, no funcionan así las cosas. No tienes por qué

devolverme el favor. Ahora no –le dijo él–. Pero tu oferta va a impedir que duerma esta noche. No voy a poder pensar en otra cosa.

No se había dado cuenta de lo cansada que estaba hasta que Karim le habló de dormir. Se sentía tan feliz y satisfecha que le habría encantado poder meterse con él en su gran cama y dejar que el sueño la venciera.

–Entonces, ¿te ha gustado mi baño?

–Es perfecto.

Le parecía casi tan perfecto como él. Karim cambió algo en la ducha y el agua comenzó a caer como una cascada sobre ellos.

–Esta ducha tiene la culpa, entre otras cosas, de que comprara este piso. Me encanta el agua, supongo que es algo que nos pasa a todos los que vivimos en el desierto.

–Nunca había pensado que los cuartos de baño pudieran llegar a ser tan sensuales.

–Y esto es sólo la ducha. La bañera la verás otro día –le dijo Karim.

Le gustó que estuviera pensando ya en volver a verla. Pero también le daba miedo. Habían llegado a compartir mucho esa tarde y temía que empezara a gustarle demasiado.

Karim cerró el grifo, salió de la ducha y se colocó una toalla alrededor de la cintura. Después tomó otra y la envolvió en ella. Era la toalla más mullida y suave que había visto nunca. Era como estar metida dentro de una nube.

–No, no me gusta –le dijo Karim mientras la miraba con el ceño fruncido–. Estás demasiado sexy así. Me recuerdas a Cleopatra envuelta en una alfombra.

Me dan ganas de desenvolverte y llevarte de nuevo a mi cama.

No podía creer que le pareciera sexy tal y como estaba, recién salida de la ducha.

—Pero si tengo el pelo aplastado y seguro que se ha corrido la máscara de las pestañas.

—Tu pelo está perfecto y no tienes ni rastro de maquillaje en la cara.

Le costaba creerlo, pero no dijo nada más al respecto.

—¿Tienes otra toalla, por favor?

Karim le entregó una más pequeña y ella se la colocó a modo de turbante.

—Eres muy especial, Lily —le dijo él mientras la abrazaba—. Eres una mujer cálida y natural. Estás tan bella con maquillaje como sin él.

—Pues no sabes cuánto tiempo tardé esta mañana en maquillarme para parecer muy profesional.

—Parecías toda una profesional, pero eso no me impidió que quisiera arrancarte la ropa en cuanto te vi —repuso él con picardía—. Igual que me pasa ahora.

La miraba con tanto deseo que sintió que le temblaban de nuevo las rodillas.

—¿De verdad no tienes nada que hacer esta tarde?

—¿Me quieres decir con eso que tú si tienes algo que hacer? —le preguntó Karim.

—Es de mala educación contestar una pregunta con otra.

Karim se echó a reír.

—Ahora mismo, no se me ocurre nada más importante que volver a meterte en mi cama.

—Esas reuniones de trabajo que tienes, ¿cuándo son?

—A finales de este mes.

–Entonces, tenemos dos semanas para prepararlo todo –le dijo ella–. Si quieres que sirva la comida, estimado cliente, tenemos trabajo que hacer. Empezando ahora mismo.

–¿De qué tipo de trabajo hablas?

–Hay que planificar –repuso ella–. Así que será mejor que nos vistamos.

–¿Me estás dando órdenes?

–Como has dicho antes, estamos en mi país. Así que no tengo por qué obedecerte a ti, jeque.

–Pensé que el cliente siempre tenía la razón.

–Sí, pero el cliente suele necesitar que lo guíen para que pueda estar satisfecho con el resultado y consiga lo que quiere, no lo que piensa que quiere.

–Un pensamiento muy profundo.

–No te rías, es la verdad –le dijo ella–. Necesito papel y un bolígrafo.

–¿Es así como estableces los planes con los clientes?

–No, suelo usar mi portátil. Aunque, ahora que lo pienso, si me dejas el tuyo, me ahorraría mucho tiempo. Puedo escribir en él y enviarme después a mí misma el documento.

–Por supuesto, voy a prepararlo todo.

–Gracias. Pero, Karim, no voy a poder trabajar si te paseas por ahí medio desnudo.

–¿Qué quieres decir? ¿Es que te distraigo?

–Sabes muy bien que sí. Y voy a necesitar también café o no podré concentrarme después de lo que acabas de hacerme.

–Entonces, ¿te ha gustado mi ducha? –le preguntó Karim con una provocativa sonrisa.

–Si no salimos hora mismo de aquí, no voy a poder resistir la tentación de meterte debajo de esa cascada. Te pondría apoyado con la espalda contra los azulejos hasta que vieras estrellas cayendo del techo en vez de agua.

—Espero que sea una promesa...

—Lo es —repuso ella.

—Pero fuiste tú la que insististe en cubrirte con esa toalla y la que decidiste que teníamos que trabajar un poco.

—Todas las mujeres tenemos derecho a cambiar de opinión, ¿no? Ahora, deja de tocarme y ve a vestirte antes de que pierda por completo la poca capacidad de concentración que tengo.

Karim se echó a reír mientras la soltaba.

—De acuerdo, *habibti*. Me vestiré y prepararé café mientras te arreglas tú.

—¿Café inglés? —preguntó esperanzada.

—Sí, no te preocupes, café inglés.

No podía resistirlo cuando la sonreía como hacía en ese momento. Se le formaban hoyuelos en las mejillas y le costó trabajo no quitarse la toalla y abrazarlo.

—¿Podrías prestarme un peine?

—Por supuesto —le dijo Karim sacando uno de un cajón—. Usa cualquier cosa que necesites, por favor —añadió mientras la besaba entre el cuello y el hombro—. Me voy antes de que cambie yo también de opinión. Una vez no es suficiente, Lily. Ni por asomo...

Se vistió y se arregló. Cuando bajó al salón, Karim ya había recogido la mesa del almuerzo y tenía el café listo. Su ropa estaba algo arrugada, pero su aspecto no era desaliñado, sino muy sexy.

—Creo que no debería preguntártelo. Pero, ¿en qué estás pensando ahora mismo? —le preguntó Karim.

—En ti y en tu aspecto arrugado...

–Si no te gusta, puedo cambiarme –repuso él entre risas.

–No es eso. Es que parece que acabas de salir de la cama...

Y le entraban ganas de meterlo de nuevo en ella.

–Bueno. No ha sido la cama, sino la ducha, ¿recuerdas? –le dijo él–. Por cierto, se me olvidó decirte antes que en la tercera puerta a la derecha está la habitación de huéspedes. En su cuarto de baño tengo todo tipo de cremas y productos de aseo que puedas necesitar.

Imaginó a Karim poniéndole crema hidratante por todo el cuerpo y se quedó sin respiración.

Karim pareció notar que se sonrojaba.

–*Habibti*, no –le avisó–. Vas a echar a perder mis buenas intenciones...

–Café –repuso ella–. Necesitamos café.

–Preferiría quitarte de nuevo la ropa –le dijo Karim mientras miraba la encimera de granito y después a ella–. Tengo una granada en el frigorífico...

No le costó imaginarse la escena. A ella desnuda sobre la mesa y con semillas de granada por todo su cuerpo. Karim las iría comiendo una a una, muy despacio, hasta conseguir...

–¡Café! –exclamó él–. Y será mejor que te sirvas tú misma la taza. Si te toco, aunque sea por accidente, no me hago responsable de lo que pueda pasar...

Entendía cómo se sentía. Ella estaba igual. Respiró profundamente para tratar de calmarse.

–No suelo hacer este tipo de cosas, Karim. Nunca me comporto así. Es como si no fuera yo...

–Lo sé. Hayley me dijo que estás casada con tu trabajo y concentrada en tu profesión –le dijo mientras tomaba un sorbo de café.

Escuchó que decía algo en árabe y supo por el tono que eran palabras malsonantes.

–El café no me está ayudando –confesó Karim–. He pasado cinco años disfrutando de los placeres de la vida y trabajando muy duro, pero siempre he sido capaz de separar esas dos partes de mi vida. Ahora mismo, nada me importa menos que esos almuerzos de trabajo, sólo puedo pensar en llevarte de nuevo a mi cama.

–Tú eres el que sacó el tema de la granada. Si no hubieras dicho nada...

–Ve al salón, ahora mismo. Y no te sientes cerca de mí –le advirtió.

Se sentaron en el sofá y Karim colocó su ordenador portátil en la mesa de centro.

–Esto es estrictamente confidencial, no olvides que ahora eres mi cliente. Necesito que me des una idea general de las reuniones. En qué consistirán, cuánta gente...

–¿Confidencial?

–Puedo firmar un documento de confidencialidad, si quieres –le dijo ella–. Pero supongo que ya habrás visto que soy discreta y de fiar. Necesito un poco de información sobre los encuentros para diseñar el menú más apropiado. Por ejemplo, no serviría lo mismo en un bufé para financieros que para artistas.

–¿Por qué no?

–Porque la gente que se dedica a las finanzas no mira siquiera lo que están comiendo. Los artistas, en cambio, sí lo hacen. Les llama la atención el color, la presentación y esas cosas.

–Entiendo.

–Supongo que quieres algo más especial que los

emparedados que podrías comprar en cualquier tienda de comida preparada.

Karim se quedó callado durante tanto tiempo que pensó que estaba a punto de decirle que había cambiado de opinión.

–Muy bien, te contaré un poco más. Mi padre me ha encargado promocionar el turismo y las inversiones extranjeras en Harrat Salma.

–¿Por eso vienen a verte esas personas? ¿Están interesados en invertir en tu país o en construir hoteles?

–Sí. Son personas a las que he elegido personalmente durante los últimos meses. Son gente que trabaja muy bien y a la que le importa algo más que el mero beneficio económico. Creo que estarían interesados en invertir en mi país y en la comunidad. Quiero gente que cuente con arquitectos e ingenieros locales para llevar a cabo sus proyectos y que también sean ciudadanos de Harrat Salma los que trabajen en los futuros hoteles.

–Háblame un poco más de Harrat Salma –le pidió ella–. Ten en cuenta que apenas sé nada. Sólo sé que hay desiertos y volcanes.

–Hay mucho más –repuso Karim con una sonrisa–. No somos un país con demasiado petróleo, como otros de la zona, pero sí tenemos riqueza mineral. Sobre todo zinc, cobre y algunas piedras preciosas. Tradicionalmente, somos personas con talento para la artesanía.

Se fijó entonces en los tapices que colgaban de la pared.

–¿Ésos son de Harrat Salma?

–Sí, también hacemos alfombras. Pero no suelen ser mágicas ni voladoras –le dijo con un guiño–. Eso es sólo una leyenda. Las típicas de Harrat Salma son de seda y tejidas a mano. También se conoce al país por sus trabajos de orfebrería, joyería y escultura. Otras atracciones turísticas son los antiguos yacimientos, los museos, los mercados de especias, el zoco de la seda y otros comercios tradicionales. Es muy típico regatear con los tenderos mientras se toma un té de menta. También tenemos grandes centros comerciales para los turistas occidentales que no pueden pasar más de una semana sin visitar sus tiendas preferidas. Pero me interesa sobre todo potenciar un turismo lo más ecológico posible, con el menor impacto medioambiental.

–Así que quieres subirte al carro del ecologismo.

–No, no es eso –repuso Karim con seriedad–. Me interesa aprovechar al máximo la energía geotermal. No se trata de una moda ni nada parecido, Lily. Es sentido común. Debemos usar nuestros recursos de manera inteligente. Tenemos un país lleno de riqueza natural que debemos conservar. No pienso permitir que se destruyan las dunas, por ejemplo, como han hecho en otros países árabes –añadió con firmeza.

Era la primera vez que lo oía hablar así, como todo un gobernante. Había visto incluso una sombra de ira en sus ojos.

–¿Cómo destruyen las dunas? –le preguntó.

–Es una de las aficiones favoritas de algunos cuantos locos. Suben y bajan de las dunas en vehículos todoterreno.

–Suena a deporte de aventura. Supongo que la gente que puede permitirse unas vacaciones así dejará bastante dinero en tu país –le dijo ella.

–Pero no tienen respeto por nada. Es la tierra de mi pueblo y están destrozando las dunas.

Le pareció que sabía muy bien de lo que hablaba, como si hubiera practicado ese deporte en el pasado. Vio también que le apasionaba su país y que deseaba protegerlo de las agresiones externas, pero que también sabía que debía abrirse al resto del mundo para poder progresar.

–No necesitamos ese tipo de turismo.

–Entonces, ¿qué tipo de turistas queréis?

–Gente con sensibilidad para apreciar la manera tradicional en la que están hechos nuestros barcos en vez de pedir lanchas motoras. Personas que quieran bucear y ver los peces en su hábitat natural en vez de pescarlos sólo por deporte. Turistas que prefieran las rutas a pie o en camello. Son más lentas, pero así se puede disfrutar de verdad del paisaje. Sería una especie de safari por el desierto e irían con guías que les podrían contar historias y leyendas tradicionales.

–¿Gente que quiera pasar la noche durmiendo junto a un volcán? –preguntó ella.

–Sí, sería perfecto para escaladores y amantes de la geología. Siempre quise montar...

–¿El qué? –le preguntó al ver que no quería terminar la frase.

–Nada, no importa.

Notó que se quedaba serio, sabía que había algo que no estaba contándole. También sabía que sí era importante, pero que no quería hablar de ello.

Debía concentrarse en los menús que tenía que diseñar y decidió no hacerle más preguntas.

–Entonces, ¿los invitados a esas reuniones son propietarios de empresas turísticas y hoteleras?

–Sí, tienen empresas de turismo especializado. Busco contratos exclusivos para cada ámbito –le explicó Karim–. Una empresa se encargaría de las actividades de buceo y todo lo relacionado con el mar, otra de los safaris por el desierto, otra haría circuitos educativos e históricos y otra más organizaría viajes para escaladores. También quiero atraer a los que quieran invertir en hoteles.

–Muy bien –murmuró mientras tomaba notas–. ¿Tienes algo en mente para la comida? ¿Quieres que sea tipo bufé o con todo el mundo sentado a la mesa? Supongo que querrás ofrecerles comida tradicional de Harrat Salma, ¿no?

–Tú eres la experta –le dijo Karim–. ¿Qué me recomiendas?

–Un bufé en el que ofrezcas comida de fusión. Parecido a lo que me has preparado hoy para comer, pero servido un poco más caliente. Y añadiría algo típico de la comida inglesa. Así les das la oportunidad de probar la comida tradicional de tu país y, con la comida local, les demuestras que es un país moderno que acoge a los que llegan de otros países.

–Me gusta, es una buena idea.

–También voy a necesitar saber si hay invitados con alergias a alimentos u otro tipo de consideraciones, como vegetarianos o algo así –le dijo ella–. Y te sugiero que sirvas el café como lo hacemos aquí.

–Sabía que ibas a decir eso –repuso Karim con media sonrisa.

–Pero podrías ofrecer además del café, té inglés y el té de menta tradicional de Harrat Salma. Y estaría muy bien acompañar la comida con la bebida de naranja que me preparaste hoy. Prepararé algunas pastas para acompañar el café de media mañana. Me gustan sobre todo las pequeñas, las que se pueden comer de un solo mordisco. Y también haré dulces tradicionales de Harrat Salma. ¿Son las pastas de tu país tan dulces como las griegas y egipcias?

—Las más famosas son las *baklawa* —le dijo Karim—. Supongo que habrás probado la versión griega de ese dulce. En mi país añadimos agua de azahar o de rosas al jarabe con el que se endulzan.

—Serán muy dulces, casi demasiado... —murmuró ella pensativa—. Tendré que equilibrar un poco esos postres con unas pastas que no sean tan dulces. Dime qué tipo de comida consume normalmente la gente de tu país.

Escribió rápidamente en el ordenador todo lo que Karim le iba diciendo, parando sólo de vez en cuando para comprobar con él que lo había deletreado todo bien. Cuando terminó, guardó el documento.

—Será una buena base para que investigue un poco y diseñe el menú. Mañana te mostraré varios ejemplos y tendré que probar los platos. Algunos son nuevos para mí y quiero asegurarme de que salgan bien. ¿Tienes libre la noche del miércoles?

—No, pero puedo arreglarlo.

—Fenomenal, porque vas a organizar una cena. Nada formal. Quiero que invites a tus mejores amigos, gente en la que confíes. Queremos que nos den una opinión honesta de los platos.

—Rafiq —sugirió Karim.

—Muy bien, pero es de tu país. Invita también a algunos ingleses para que tengamos el punto de vista de alguien que no haya probado nunca esa comida.

—¿Cuánta gente debería invitar?

—Sería una cena para Rafiq, para ti y otras dos personas.

—Entonces invitaré a Luke, mi mejor amigo, si es que puedo conseguir que se tome un par de horas libres –le dijo Karim–. ¿Quieres que invite a alguna mujer?

—Bueno, algunas compañías hoteleras las dirigen mujeres, ¿no? ¿O acaso no pueden hacerlo en Harrat Salma?

—Somos un país árabe moderno, Lily.

—Perdona. No quería ofenderte. Nuestras culturas son distintas y no estaba segura.

—No pasa nada, lo entiendo. En mi país, las mujeres estudian y trabajan si así lo desean. Menos las mujeres de mi familia, por supuesto.

—¿Por qué?

—No es apropiado que las mujeres de la familia real trabajen para otras personas.

—Eso lo entiendo. Pero, ¿no pueden tener sus propios negocios?

—No.

—¿Por qué no?

—Porque tienen obligaciones diplomáticas, igual que los hombres. Creo que invitaré a Cathy.

—¿Quién es Cathy?

—Es la encarga del restaurante que tiene Luke en su nuevo centro de salud y deporte. Mi amigo llegó incluso a ofrecerme a Cathy para que me ayudara a preparar la comida de estas reuniones.

—No me digas... –murmuró ella con el ceño fruncido.

—Sabía que estaba en un apuro y que tú te negabas a ayudarme. ¿Acaso pensabas que soy tan desorganizado como para planear las reuniones sin tener todos los detalles previstos de antemano? Ya tenía una cocinera, pero le surgió una complicación familiar y me dejó en la estacada. Por eso tenemos ahora que hacerlo todo deprisa.

–¿No te dejó a otra persona encargada de todo?

–No, *habibti*. Si tu hermana te necesitara con urgencia, ¿no lo dejarías todo al instante para correr a ayudarla?

–No tengo hermanas.

–¿Y si fuera tu madre?

–Intentaría ayudarla, pero no me iría dejando a mis clientes plantados.

–¿Y si fuera una emergencia?

–Siempre se puede encontrar un poco de tiempo.

–Eres muy dura y calculadora.

–No es cierto, pero me gusta ser profesional. Y espero lo mismo de los demás.

–Lo tendré en cuenta –repuso él.

No le gustó el comentario, pero decidió cambiar de tema.

–Así que tu amigo Luke te sugirió que contrataras a esa tal Cathy, pero decidiste rechazarla.

–No, ni siquiera llegué a hablar con ella. Pensaba darte de plazo hasta el miércoles. Si para entonces aún no te había convencido, iba a aceptar entonces la oferta de Luke.

–Bueno, ya no tienes que preocuparte por eso, cocinaré para ti. Y eso que no suelo mezclar los negocios con el placer –le dijo ella mientras lo miraba.

–Yo tampoco, pero pienso romper esa norma ahora mismo.

Karim se le acercó, tomó una de sus manos y la besó en la muñeca. Se le aceleró el pulso.

–Bueno, pero recuerda que sólo soy tu cocinera de manera temporal.

–Sí... Y mi amante temporal, ¿verdad? –murmuró Karim mientras besaba su brazo.

–Pero... Pero hay algunas reglas –repuso ella sin poder dejar de temblar.

–¿Reglas? –preguntó Karim.

–Sólo una, pero es importante.

Consiguió atraer su atención y que la mirara a los ojos.

–¿Cuál?

–Mientras estés conmigo, no quiero que tengas un harén.

Karim frunció el ceño.

–He salido con muchas mujeres, pero siempre de una en una. No soy tan irrespetuoso.

Se dio cuenta de que lo había ofendido, pero no quería tener que explicarle por qué era importante para ella ni lo que Jeff le había hecho mientras estuvieron juntos.

–Sólo era un comentario –repuso ella–. Pero será mejor que me dejes antes de que borre el documento por accidente. Como me pasó el otro día con el artículo.

–¿Tanto te distraigo?

–¿Por qué me lo preguntas? Ya sabes la respuesta.

–A mí me pasa igual. En cuanto a las normas, la primera es que esto es temporal. La segunda, mientras estemos juntos, no estaremos con nadie más. La tercera, separaremos trabajo y placer.

–De acuerdo en todo –repuso ella.

Se le ocurría una norma más, una para ella sola. No podía enamorarse de Karim.

–Bueno, tengo mucho trabajo –le dijo mientras se enviaba el documento a su dirección de correo electrónico–. Y tú tienes que invitar a tus amigos. Nos vemos el miércoles a las siete.

–Perfecto –repuso Karim–. Te llevo de vuelta a casa.

–No, no hace falta. Tomaré el metro. Ya tengo veintiocho años, no soy ninguna niña. Puedo ir sola. Además, si me llevas, tendría que invitarte a un café y no quiero verte en mi cocina...

–¿Tienes granadas en el frigorífico? –le preguntó Karim con fuego en la mirada.

–No. Pero puede que mañana las haya.

–Entonces, te veré mañana, *habibti* –le dijo con un dulce beso–. A media tarde.

–Para hablar de trabajo –le recordó ella.

–Primero el trabajo –repuso él en voz baja–. Después, granadas...

Capítulo Nueve

–Ya he ganado dos días seguidos –le dijo Luke–. Y
ni siquiera he tenido que esforzarme. No es buena se-
ñal. ¿Vas a contarme qué está pasando?

–Lily va a cocinar para mí –repuso Karim.

–No estarás dejando que sea tu entrepierna la que
dirija tus decisiones, ¿verdad?

–No –mintió él–. El caso es que te necesito el miércoles por la noche. Me gustaría que vinieras a cenar a
mi casa. ¿Podría venir también Cathy?

–¿No me acabas de decir que Lily va a preparar la
comida de las reuniones?

–Sí, pero quiere probar antes los platos y necesita
conejillos de Indias que le den una opinión sincera de
la comida. Por eso he pensado en ti y en Cathy.

–No sé si Cathy podrá ir –le dijo Luke–. Puede que
tenga un novio celoso...

–¿Cómo es que sabes tan poco de ella? Dirige el
restaurante, la ves todos los días.

–Bueno, nadie incluye ese tipo de información en
su currículo y es ilegal que se lo pregunte. Es buena
en su trabajo, eso es todo lo que tengo que saber.

–¿No deberías mostrar un poco más interés por
tus empleados?

–No, no soy como tú. Prefiero no tener una relación personal con la gente con la que trabajo y no

mezclar las cosas –le dijo Luke–. Pero intentaré ir a la cena, no te preocupes.

–¿No interfiere con tu trabajo?

–No, esa noche ya me habían invitado a una fiesta. Pero me estoy cansando de tanta fiesta. Me parece más divertido ser conejillo de Indias. Y estoy deseando conocer a la mujer que ha conseguido que estés así.

–No he cambiado, estás exagerando. Vamos a tomar algo, yo invito.

A la tarde siguiente, Karim apareció en casa de Lily con un gran ramo con tulipanes rosas y blancos y lirios azules

–¿Me has comprado toda la floristería? –le preguntó Lily al verlo.

–Hola –repuso él mientras se acercaba y le daba un breve beso.

–¡Karim! Se supone que era una reunión de trabajo.

–No hasta las tres –repuso él mirando su reloj–. Tengo aún diez minutos para besarte.

Entró y cerró la puerta. Le encantaba la facilidad que tenía Lily para sonrojarse por todo.

–Gracias por las flores. Son preciosas, pero esto no va a funcionar si...

–Claro que sí –la interrumpió él.

Fue directo a la cocina, dejó las flores sobre la encimera y después ajustó el dial del horno.

–¿Qué estás haciendo?

–Pongo el temporizador para que suene dentro de nueve minutos, la hora de nuestra reunión –le dijo él mientras dejaba una bolsa de papel marrón en la mesa.

–Sé que no debería preguntar. Pero, ¿qué es eso? –le dijo Lily.

–Pensé que a lo mejor no habías comprando granadas y he traído unas. Pero deja ya de hablar, Lily, estás haciendo que pierda unos segundos preciosos. Ya sólo quedan ocho minutos y medio –le dijo mientras la abrazaba.

La besó apasionadamente hasta que sintió que se relajaba entre sus brazos. Ni siquiera protestó cuando deslizó las manos bajo su camiseta y le desabrochó el sujetador.

Le encantaba tocarla y besarla. Era una mujer cálida y apasionada.

Estaba a punto de desabotonarle los pantalones cuando sonó el temporizador del horno. Se le pasó por la cabeza ignorarlo, pero tenía que demostrarle a Lily que podía controlar su deseo.

–Los menús... –susurró con algo de frustración mientras apagaba el temporizador.

–Karim... –repuso ella sin salir de su estado de trance.

–Seguiremos después, en cuanto terminemos con la reunión de trabajo. ¿Dónde nos sentamos?

–Lejos de mí –replicó Lily–. Creo que necesito una ducha muy fría –admitió después.

–No me hables de duchas, *habibti*. ¿Cómo es tu cuarto de baño?

–No tan espectacular como el tuyo, pero es mejor que cambiemos de tema –le dijo–. ¿Ya has decidido a quién invitarás a la cena del miércoles?

–Serán Rafiq, Luke, Cathy y puede que también el celoso novio de Cathy.

–¿Por qué dices eso? ¿Por qué es tan celoso?

–Olvídalo, es una tontería mía. Luke no sabe si tiene novio o no.

–Me da la impresión de que tu amigo se parece mucho a ti, está demasiado ocupado con su trabajo para fijarse en otros detalles.

–Algo así, pero él no es jeque, sino propietario de varios gimnasios. Aunque creo que vendió casi todos para comprar el que está reformando ahora. Estaba en las últimas y le pareció un reto muy interesante.

–Entonces, ¿se dedica a comprar negocios con apuros económicos, reformarlos y venderlos de nuevo?

–Algo así, es muy bueno en su trabajo y se ha hecho a sí mismo. Empezó con un simple puesto en un mercado. Era el alumno más inteligente del master que hicimos juntos. Y eso que llegó sin calificaciones previas.

–No siempre es necesario ir a la universidad. Yo tampoco fui.

–No, supongo que para tu trabajo es más importante tener experiencia. Por cierto, ¿cuándo decidiste montar la empresa?

Lily se quedó callada. Era la pregunta del millón.

–Fundé Sabores Extraordinarios hace cuatro años –le dijo ella.

Creía que Karim no necesitaba saber nada más.

–Me gustan los retos y quería ver si podía hacerlo yo sola –añadió después.

–Si te gustan los retos, ahí tienes otro para hoy –dijo Karim mientras señalaba las granadas.

–No, gracias. ¿Quieres tomar un café mientras hablamos de los menús?

–Sí, por favor.

–Entonces, siéntate –le sugirió mientras metía las flores en un jarrón y calentaba agua.

El ramo era espectacular. Lamentaba no haberlo rechazado, pero le encantaban las flores que le había llevado, le pareció un detalle muy bonito.

Cuando el café estuvo listo, le sirvió una taza sin tocarlo y se sentó al otro lado de la mesa.

Estuvieron hablando un buen rato de los distintos menús que había diseñado.

–Me parece bien lo que me sugieres –le dijo Karim después–. ¿Cómo vas a hacerlo? ¿Cocinarás aquí y lo llevarás a mi casa o lo harás todo allí?

–Llevaré yo misma los ingredientes a tu casa. A no ser que necesite preparar algo con mucho tiempo, me gusta cocinarlo casi todo en la vivienda del cliente. Además, tu cocina tiene de todo. Me limitaré a llevar algunos de mis cuchillos y ollas, eso es todo. Soy un poco quisquillosa.

–Intentaré recordarlo –repuso él–. La verdad es que alguno de los platos habría que cocinarlo con tiempo, al menos un día antes para que tome el sabor de los aliños.

–¿No me dijiste una vez que dejabas que tus empleados trabajaran sin interferencias?

–Sí, pero tú no eres mi empleada.

–Me vas a pagar para que haga esto, así que es lo mismo.

–Pero no eres mi empleada.

–Bueno, sabes de sobra lo que quiero decir. Preferiría que no te metieras en mi trabajo.

–Pero estamos hablando de la gastronomía de mi país.

–No es comida de tu país ni del mío. Es gastronomía de fusión.

–¡De acuerdo, de acuerdo! ¿A qué hora necesitarás llegar a mi casa?

–Bueno, pensé que trabajabas en tu piso.

–Así es. Y, no te preocupes, no pienso controlarte ni distraerte.

–No quiero ver que pones un pie en tu cocina mientras esté trabajando. No me gustan las interrupciones cuando estoy cocinando.

–Así que eres uno de esos cocineros con genio que insulta a sus ayudantes y les tira cacerolas...

–No es eso –repuso ella entre risas–. Pero voy a necesitar que me des un poco de espacio.

–No te preocupes, te trataré con la mayor profesionalidad. ¿Qué plan tienes para mañana?

–Llegaré a las diez con mi furgoneta.

–Muy bien. Aparca frente al edifico y llámame. Rafiq subirá todas las cosas al piso y aparcará la furgoneta en el garaje –le dijo Karim con una sonrisa–. Y, ahora que ya está todo arreglado, ven.

–Pero esto es una reunión de trabajo.

–Ya hemos terminado con el trabajo –repuso Karim–. Ahora se trata de nosotros dos. O vienes aquí y te sientas en mi regazo o iré por ti...

–¿Y qué? ¿Te vas a sentar tú en mi regazo? –lo provocó ella.

–Estás acabando con mi paciencia, mujer. ¡Ya basta!

Karim se le acercó, la tomó en brazos y se sentó en su silla con ella encima.

–Por mucho que digas, no eres más que un troglodita.

–¿Tienes algún problema con eso?

Pero Karim la besó antes de que pudiera contestar.

–¿Qué planes tienes para el resto del día?

–Tengo que hacer una lista con los ingredientes que tengo que comprar mañana.

–Muy bien, me encantaría llevarte a cenar esta noche –le dijo Karim sin dejar de besarla–. Pero tengo un compromiso que no puedo eludir.

–Te refieres a una fiesta, ¿no? –le preguntó algo molesta.

–Sí, pero no me quedaré mucho tiempo. Podría pasarme a verte después.

–Eso depende de la hora que sea.

–¿Por qué? ¿Pensabas acostarte temprano? Porque me parece muy bien...

Su sonrisa le dejaba muy claro que no estaba pensando precisamente en dormir, pero le sorprendió que quisiera pasar la noche en su casa. Todo iba demasiado deprisa para ella.

–Karim, no podemos hacer esto.

–Claro que sí. No me lleves la contraria. Sé que me bastaría con besarte para convencerte.

–¡Eres un arrogante!

–Puede que sí, pero es que sé que tengo razón –repuso Karim–. Si así te sientes mejor, confieso que tú me haces sentir igual.

Pero aunque fuera verdad, creía que no le gustaba lo suficiente para invitarla a esa fiesta.

–Bueno, debes prepararte para lo de esta noche. Y yo también tengo trabajo –le dijo algo molesta.

–Es verdad. Gracias, *habibti*. Te agradezco que entiendas que mi trabajo incluye estas fiestas.

Se sonrojó al darse cuenta de que no había sido

nada comprensiva. Se había portado como una novia celosa y tenía muy claro que no tenía derecho a sentirse así.

–Bueno, te veo mañana, Karim –le dijo mientras se ponía en pie.

–No te olvides de llevar las granadas –le recordó Karim.

Lo acompañó a la puerta y se despidió.

Terminó muy pronto de escribir la lista de la compra. Estaba demasiado agitada para concentrarse en nada y se dio cuenta de que empezaba a implicarse demasiado en la relación.

Esa misma noche, sonó su móvil. Era un mensaje de texto de Karim.

«La fiesta es muy aburrida y la comida no tiene nada que ver con la tuya»

«Me alegro», contestó ella.

«Queda demasiado tiempo para que sea mañana, ¿puedo pasarme luego?»

«No, voy a acostarme ya», repuso ella intentando controlar la tentación.

No tardó ni dos segundos en sonar el móvil. Era una llamada.

–¿Estás ya acostada? –le preguntó Karim–. ¿Qué llevas puesto?

–Karim, ¿estás en un sitio público? No puedes hablarme así delante de gente...

–Sí que puedo. He salido de la fiesta y nadie me oye. He dicho que era una llamada de negocios.

–Aun así, Karim, no pienso tener ese tipo de conversación contigo.

–Eres una cobarde. ¿No quieres tener sexo telefónico?

–No soy cobarde –repuso ella sin poder evitar una ola de deseo–. Sólo trato de ser sensata.

–¿Por qué no te digo yo lo que llevo puesto?

–No.

–Podría hablarte de mi cuarto de baño.

Supo que estaba sonriendo, lo notó en su voz. Cada vez estaba más acalorada y húmeda.

–No –repitió con firmeza–. Te veo mañana a las diez.

–Bueno, entonces buenas noches, *habibti*. Felices sueños.

–Buenas noches –repuso ella sin poder dejar de sonreír mientras colgaba.

Capítulo Diez

Lily hizo la compra nada más levantarse para que sus ingredientes fueran los más frescos del mercado. Después fue a casa de Karim, lo llamó desde abajo y dejó que Rafiq la ayudara a subirlo todo.

–Buenos días, *habibti* –le dijo Karim al verla–. ¿Quién eres hoy, Lily o la señorita Finch?

–Soy Lily, por supuesto, pero estoy aquí para trabajar.

–La verdad es que llegas dos minutos antes de tiempo. Aún no son las diez.

Karim no le dio tiempo a protestar y la besó. Le temblaron las rodillas.

–¿Tienes todo lo que vas a necesitar? –le preguntó después mientras iban a la cocina.

–Creo que sí.

–Fenomenal. Puedes contar con Rafiq para que te ayude con lo que sea. Puedes llamarlo desde el teléfono de la cocina. Marca la almohadilla y después el tres. Y yo estaré en el comedor.

–Gracias. ¿Quieres que te lleve un café cuando me lo prepare yo?

–Me encantaría, muchas gracias, *habibti*.

Se cambió de ropa y se dispuso a trabajar. Colocó todo lo que iba a necesitar para la primera fase de preparación. Se concentró en los productos que necesitaba tener en adobo durante un tiempo y horneó una primera bandeja de pequeñas pastas árabes. Después hizo café y le llevó una taza a Karim.

Vio que estaba trabajando frente al portátil y que parecía estudiar una hoja de cálculo. Era la primera vez que lo veía así, tan serio e inmerso en el estudio de unas cifras. Llevaba el pelo hacia atrás y no se parecía al donjuán a quien se había acostumbrado. Tenía un aire misterioso y sexy.

–Hola, *habibti*. ¿Cómo va todo?

–Bien –repuso ella–. Te he traído unas pastas para probar con el café. Privilegio de cliente.

–Son fabulosas, Lily –le dijo Karim tras probar la primera–. Si alguna vez quieres cambiar de aires, podrías ganarte muy bien la vida en mi país. Si el resto de la comida es igual de rica, vas a hacer la mitad de mi trabajo.

–Es demasiado pronto para halagos, ya veremos cómo sale el resto, pero me alegra que te guste.

No pudo resistirse y le dio un beso en la nariz. Se apartó después deprisa.

–Acabas de romper las reglas, señorita Finch. Así que ahora puedo entrar en la cocina.

Salió corriendo antes de que pudiera alcanzarla.

Algo más tarde, estaba ocupada preparando una crema cuando entró Karim en la cocina.

–Es la una y media, ¿quieres que te prepare un sándwich o algo?

–Gracias, pero no. Además, no puedes entrar aquí, ¿lo has olvidado?

–*Habibti*, has estado trabajando desde que llegaste. Tienes que sentarte un rato y descansar.

–No, no, yo no trabajo así. Cuando estoy cocinan-

112

do, no hago descansos –le dijo ella–. Si de verdad quieres ayudar, dejaré que pongas la mesa para la cena. Quiero que estéis los cuatro al mismo lado y que pongas un camino de mesa a lo largo para colocar encima la comida.

–De acuerdo. ¿Te importa que me haga un sándwich?

–Yo lo prepararé.

–Pero estás demasiado ocupada. No tienes por qué hacerlo.

–No pasa nada, de verdad. Te lo llevo en un par de minutos –le dijo–. Venga, fuera de aquí.

Le hizo un bocadillo y se preparó otro café. Se le pasaron las horas volando. A las cinco se tomó un respiro para llevarle a Karim un pedazo de *baklawa*, el dulce típico árabe, y un té inglés.

–Es perfecto –le dijo él–. ¿Has hecho tú misma el hojaldre, el jarabe y el relleno?

–¿Tú qué crees? –repuso ella con el ceño fruncido.

–Creo que te acabo de ofender. Eres toda una profesional, señorita Finch.

–Gracias –repuso con un reverencia–. Ya casi he terminado.

–Dime cuándo tengo que ponerme a preparar la mesa. Tú también cenarás con nosotros, ¿no?

–No voy a comer nada. Llevo todo el día probando platos y ya no tengo apetito.

Eran casi las siete cuando llegaron los invitados de Karim.

–Lily, te presento a Luke y Cathy –le anunció el anfitrión–. Y a Rafiq ya lo conoces, claro.

–Encantada de conoceros –les dijo ella–. Y gracias por ser mis conejillos de Indias.

–Es un placer –repuso Luke.

Cathy se limitó a mirarla con la boca abierta.

–¡Eres Elizabeth Finch! Te he reconocido por la foto de la revista *Vida Moderna*. ¡Luke! –le dijo a su jefe–. ¿Por qué no me comentaste que Elizabeth Finch iba a cocinar para nosotros? ¡Es una leyenda de la cocina!

–Karim me dijo que Lily cocinaba para los ricos y famosos, no sabía que ella también fuera famosa. Además, creo que no leemos el mismo tipo de revistas. Lo siento.

–Bueno, ya basta de halagos. Llamadme Lily, por favor. Sólo soy la cocinera –les dijo ella–. Y vosotros también tendréis que trabajar. He colocado unas fichas frente a cada plato para que me digáis qué os parece cada uno. Podéis escribir los comentarios o decírmelo, como queráis. Pero, por favor, sed honestos. Son muchos sabores, así que os serviré sorbetes de vez en cuando para limpiar el paladar.

Fue un alivio ver que les gustaban los platos principales. Apuntó las sugerencias que le hicieron, pero todo parecía estar bastante bien.

Les explicó los distintos tipos de dulces que había hecho cuando llegó la hora del postre.

–¿Y esas pequeñas magdalenas de qué son? –le preguntó Luke.

–Son de chocolate blanco y semillas de granada –respondió mientras miraba a Karim.

–Vas a pagar por eso –le susurró él sin que lo oyeran los demás.

Se limitó a sonreír y les pidió que probaran cada tipo de dulce.

–Me encantan las galletas de mantequilla. Tienen un sabor especial –le dijo Cathy–. Y, ¿podrías darme la receta de las magdalenas de granada, por favor? Sé que tendrán éxito entre los asiduos al gimnasio.

–Por supuesto –repuso Lily con una sonrisa–. A mí también me encantan las granadas...

Le guiñó un ojo a Karim. Sabía en qué estaba pensando.

Terminó la cena sirviéndoles un té de menta. Se sentía muy satisfecha.

–Gracias a todos por ser sinceros. Tendré muy en cuenta vuestras sugerencias y comentarios.

–Ahora entiendo por qué querías que preparara ella la comida –le susurró Luke a Karim mientras se despedían–. Es muy buena y profesional. Me ha parecido increíble que pudiera concentrarse tanto en los comentarios cuando estaba claro, cada vez que te miraba a ti, que sólo podía pensar en estar a solas contigo y arrancarte la ropa –añadió con un guiño–. Eres idiota, Karim. Lily es increíble, pero sabes tan bien como yo que va a terminar mal. No puedes mezclar negocios y placer, es la regla número uno.

–Los dos lo sabemos. Tiene claro que es temporal y que me vuelvo a mi país. No pasa nada.

–Entonces, ¿ya estás con ella? Me has engañado.

–Sí, pero sabemos lo que hacemos. Todo saldrá bien, deja de preocuparte.

Luke no parecía muy convencido, pero no dijo nada más.

Rafiq se había ofrecido a ayudar a limpiar, pero Lily no le había dejado y volvían a estar solos.

–Has hecho un trabajo asombroso –le dijo al verla en la cocina.

–Gracias, pero vete de aquí, aún tengo que recoger.

–No, ya basta. Llevas todo el día trabajando, lo haré yo.

–Pero es parte de mi trabajo...

–¡Me da igual! –la interrumpió él–. Lo quiero hacer yo. Recuerda que el cliente siempre tiene razón. Además, es mi cocina –añadió mientras la llevaba hacia las escaleras.

–¿Adónde vamos?

–Tú vas a descansar arriba mientras yo recojo –le dijo mientras subían–. Te prometí que te presentaría a mi baño. Sígueme.

Lily se quedó parada. Era más impresionante que el cuarto de la ducha. Las paredes eran de piedra con texturas. Había una enorme palmera en una esquina y una gran bañera en el centro. La música que salía por el sistema de sonido lo llenaba todo.

–Me encanta esa melodía... –murmuró Lily.

Estaba atónita. No había visto un cuarto de baño como ése en su vida. Vio las blancas y mullidas toallas en una repisa de cristal y otra llena de productos cosméticos y jabones.

Pero no había nada como esa bañera. Era lo bastante grande para dos y se imaginó allí disfrutando de un baño relajante, leyendo y tomando un té.

Karim se acercó a la bañera y abrió el grifo para llenarla.

–Sólo te falta un techo de cristal para poder ver las estrellas –murmuró ella.

–Pero en Londres no tendría sentido. Estaría bien si estuviéramos en el desierto.

Se imaginó con él en esa misma bañera y tuvo que agarrarse, le temblaban las rodillas.

–¿Estás bien, Lily?

–Sí, sólo un poco cansada.

Karim vertió algo de una botella que llenó de aromas el cuarto y de burbujas el agua.

–¿Vainilla? –preguntó ella–. ¿Y qué más?

–Granada –repuso él con un guiño.

Era la palabra mágica y se quedó sin palabras.

–Veo que sólo así consigo callarte –le dijo Karim mientras la abrazaba–. Aunque no es un método tan efectivo como éste.

Comenzó a mordisquear su labio inferior y sintió que se derretía.

–Disfruta un tiempo del baño, ¿de acuerdo? –le pidió Karim mientras le desabotonaba la chaqueta de cocinera–. Estaba deseando saber qué llevabas debajo del uniforme –susurró al ver el sujetador de encaje blanco.

Cuando terminó de desvestirla, Karim cerró el grifo del agua y comprobó la temperatura.

–Te traeré algo de beber en un minuto. No me lleves la contraria y haz lo que te pido, Lily.

Estaba tan cansada que decidió no protestar. Fue increíble meterse en esa lujosa bañera. Estaba en el cielo. Se acomodó y cerró los ojos. Hacía mucho que no se sentía tan relajada.

Algún tiempo después, regresó Karim con una botella de champán y una copa. Dentro había algo que parecía una flor de hibisco, que abrió sus pétalos cuando llenó la copa.

–Gracias, pero no puedo beber –le dijo ella–. Tengo que conducir de vuelta a casa.

–Bueno, no tienes por qué. Podrías pasar aquí la noche. Conmigo...

–Karim...

–Lo sé –repuso él con una mueca–. No sé por qué te lo he pedido, no lo había hecho nunca.

Quería decirle que sí, soñaba con pasar la noche entre sus brazos, pero sabía que no era una buena idea.

–No... No puedo. No tengo ropa limpia –dijo a modo de excusa.

–Tengo una lavadora y secadora. Si meto tus cosas ahora, estarán limpias por la mañana.

–¿Tienes lavadora? Pensé que usabas un servicio de lavandería. Eres todo un prín...

–¡Olvida el título! Estamos en el siglo XXI, las cosas han cambiado. Quédate...

Aunque sabía que no debía hacerlo, asintió con la cabeza.

–Perfecto. Y ya no puedes cambiar de opinión porque voy a lavar tu ropa.

Salió del baño con sus cosas y ella se quedó bebiendo el champán.

Cuando volvió, se quitó rápidamente la ropa y se metió en el agua, colocándose tras ella.

–Mucho mejor... –murmuró Karim mientras la abrazaba y besaba en el cuello.

–Me has impresionado con el detalle de la flor de hibisco. Pero me ha extrañado que no pusieras semillas de granada en la copa –le dijo ella al verlo beber champán.

–Se me pasó por la cabeza, pero decidí dejar las granadas para otra ocasión.

–Todo esto es tan decadente... El champán, las burbujas, la bañera...

–La vida hay que disfrutarla, Lily. Es demasiado corta.

Sabía que sus palabras tenían un significado más profundo que no quería contarle. Tomó su mano y lo besó en la palma.

Karim respondió mordiéndole el cuello. Podía sentir su erección contra la espalda.

–Creo que deberíamos salir de la bañera antes de que pierda por completo la cabeza.

Salió y se cubrió con una toalla. Hizo lo mismo con ella y la llevó en brazos a su cama.

Cerró las cortinas y dejó que su toalla cayera. Lily se quedó sin respiración, no había conocido a nadie tan sexy, masculino y apuesto como él.

–Por fin solos tú y yo, Lily –susurró acercándose más–. Y esta noche dormirás en mis brazos.

Hacía años que no dormía con nadie y no lo había deseado hasta ese momento. Todo era distinto esa vez. Karim no tenía nada que ver con Jeff.

Le hizo el amor con suavidad y muy lentamente. Hacía que se sintiera segura y se quedó dormida entre sus brazos, feliz y satisfecha.

Capítulo Once

La siguiente semana y media pasó rápidamente para Lily entre planificación, listas y preparación de la comida. Karim también estaba muy ocupado organizando las presentaciones ante los posibles inversores.

Cuando comenzaron las reuniones, Lily llegaba a su piso temprano por la mañana para preparar la comida e instruir a los camareros.

Fueron días agotadores, pero Karim quedó muy satisfecho.

–Todo ha salido fenomenal. La gente habló mucho de la comida durante las presentaciones. Les hizo pensar en los sabores de Harrat Salma –le dijo él al lunes siguiente–. Ha sido un éxito. Y todo gracias a ti.

–Lo mío sólo son los adornos, tú eres el que preparaste a conciencia las presentaciones.

Tras las reuniones, la agenda de Karim se llenó más aún. Tenía ruedas de prensa y entrevistas con periodistas que querían hacer reportajes sobre Harrat Salma. También tenía que verse con abogados e inversores para ultimar detalles y negociaciones. Pero conseguían verse.

–Lo siento, *habibti*. Me encantaría sacarte a cenar, pero mi horario está lleno hasta arriba –le dijo una noche.

–No pasa nada –repuso ella.

Recordaba muy bien los primeros meses con la empresa. Ella tampoco había parado.

–Sí que pasa. No quiero que pienses que te he utilizado para hacer estos negocios y que ahora te uso por el sexo, porque no es así.

–Lo sé. Soy yo la que te estoy utilizando –le dijo para animarlo–. Eres mi semental.

Karim se echó a reír.

–Tu sentido del humor enamora a cualquiera –repuso Karim.

Se quedó sin respiración al oírlo. Aunque se había negado a reconocerlo, soñaba con que él le dijera algo parecido, fantaseaba con oírle decir que se había enamorado de ella. Porque fue en ese preciso instante cuando supo que ella sí estaba enamorada.

Y sus sentimientos eran mucho más intensos que los que había tenido por Jeff. Pero sabía que no podía decirle nada porque nada podía haber entre ellos, era imposible y no quería estropear las cosas. Se limitó a sonreír y a darle un beso.

Habían asumido sin hablarlo cierta rutina. Pasaban la noche en su casa cuando ella trabajaba y en el piso de Karim cuando ella tenía el día libre. Y, aunque había intentando proteger su corazón, sus sentimientos se hacían más fuertes cada día.

–¿Dónde te ves en cinco años? –le preguntó Karim una noche mientras la abrazaba en la cama.

«Recogiendo a nuestros niños a la salida del colegio», pensó.

No supo por qué se le había pasado algo así por la cabeza. Nunca había deseado ser madre y sabía que con Karim no había futuro posible, pero no podía dejar de soñar con ello.

–No lo sé –repuso después de un tiempo–. Supongo que seguiré haciendo lo mismo.

–¿Has pensando alguna vez en hacer un libro con todos tus artículos?

–No estaría mal... –murmuró ella.

–O podrías tener un programa en la televisión.

Le entraron ganas de gritar al oír su sugerencia.

–Lily, ¿estás bien?

–Sí, es que me duele la cabeza.

–No te creo, me da la impresión de que hay algo que no me estás contando.

–Es verdad, pero es una historia muy larga y desagradable y pasó hace mucho tiempo...

–Cuéntamelo, Elizabeth Finch –insistió Karim–. Por favor...

–De acuerdo, de acuerdo –concedió por fin–. Conocí a este chico, Jeff... Trabajábamos juntos, nos enamoramos y nos casamos. Me sugirió que montáramos nuestro propio restaurante. Lo hicimos y nos fue bien. Al menos, eso pensaba yo. Una de nuestras clientas habituales era una productora de televisión y le dijo a Jeff que podría triunfar en ese medio. Hicieron un programa piloto y a sus jefes les gustó. Comenzaron a rodar los programas y apenas lo veía –le contó ella–. Pensé que sería sólo temporal y que las cosas se calmarían, pero no lo hicieron. Yo trabajaba todo el día en el restaurante y me enteré algún tiempo después de que mi marido tenía una aventura con la productora.

–Siento que te tratara así, te mereces mucho más –susurró Karim.

–No sólo me fue infiel. También confié en él nuestras finanzas, era mi marido y mi socio... Pero me llamaron un día del banco para decirme que uno de nuestros proveedores no había podido cobrar un cheque nuestro. ¡Estábamos en números rojos! Jeff me había dejado sin blanca.

–Lo denunciarías, ¿no?

–No, no podía demandarlo. Los dos éramos responsables de las deudas. Tuvimos que vender el restaurante y tuvimos que usar el dinero para pagar préstamos y la hipoteca. No quedó nada, sólo más deudas.

–¿No había manera de hacerle pagar por el dinero robado?

–No. Había usado el dinero para pagar la entrada de un piso a nombre de su amante. Así que no pude hacer nada.

–¿Por qué no fuiste a la prensa? Él trabajaba en la televisión, ¿no?

–No quería caer tan bajo ni ver mi vida en las revistas. No quería que la gente me recordara por haber dejado que mi marido me engañara y me arruinara. Juré entones que nunca volvería a hacer negocios con nadie ni a casarme.

–Siento mucho que tuvieras que pasar por ello. Pero tu ex acabará pagando de un modo u otro.

–No, todavía no le ha llegado su día, sigue triunfando en la televisión.

–Pero le llegará su día. Lo que no entiendo es que te dejara escapar...

–Está claro que no era bastante para él.

–Eso son tonterías, *habibti*. Y no todos los hombres somos como tu ex marido.

–Lo sé. Mi padre era fantástico. Habría sufrido mucho al ver lo que me hizo Jeff –le explicó–. Murió cuando tenía cuatro años. Fue algo repentino, posiblemente un ataque al corazón. Nos quería mucho, pero no se le daban bien las finanzas. Sólo tenía cabeza para el arte.

–¿También era un artista?

–Sí, mis padres se conocieron en la escuela de Arte. Se enamoraron y casaron cuando aún eran estudiantes y mi madre se puso de parto durante su último examen. El embarazo fue una sorpresa, pero quisieron formar una familia en cuanto lo supieron. Mi madre siempre me ha dicho que mi padre habría llegado a ser un gran artista, pero no tuvo tiempo. Murió demasiado joven. Fue difícil sobrevivir tras su muerte. Mi madre ni siquiera tuvo dinero para pagar el funeral y el entierro.

–Está claro que has luchado y trabajado mucho durante estos últimos años –le dijo Karim.

–¿Lo dices por la casa?

–Es un barrio residencial y la casa es grande.

–Es que la casa es de mi padrastro –repuso ella–. Bueno, no es en realidad mi padrastro, nunca se han casado. Mi madre lo conoció cuando yo era una adolescente. Fue comprando cada una de sus pinturas para hablar con ella, hasta que mi madre aceptó salir con él. Es un gran hombre.

–¿Por qué no se han casado?

–Yves es el propietario de un viñedo y vive muy bien. Mi madre dice que no se casará con él hasta que tenga tanto dinero como Yves. No quiere que nadie la vea como una cazafortunas.

–Pero llevan juntos doce años...

–Lo sé, pero mi madre es muy independiente y no quiere depender de nadie.

–Entonces, eres como ella.

–No tanto. De otro modo, no viviría en esta casa. Yves me dijo que para él era una inversión. Así tiene dónde quedarse cuando viene a Londres y le gusta tenerme de inquilina para que cuide de la casa. En realidad, fue todo parte de un complot para ayudarme a superar lo de Jeff. Pero acepté porque me quieren y necesitaba una buena cocina para poder trabajar. Conseguí que me dejara pagar un alquiler, aunque me costó convencerlo.

Karim se quedó pensativo un buen rato.

—Así que te han defraudado los dos hombres que más debían haberte querido y apoyado...

—Al menos mi padre no lo hizo a propósito. Pero Jeff sí. Era muy ambicioso.

—Supongo que por eso no te planteas hacer televisión, ¿verdad?

—La verdad es que nunca quise ser reconocida ni que nadie pudiera criticarme por lo que llevo puesto, mi pelo o mi cuerpo.

—A tu ropa no le pasa nada. Y tu pelo es maravilloso. Aunque no tanto como tu cuerpo...

—Lo que no me gusta es que parece que todo el mundo tiene derecho a opinar sobre ti.

—Pero cocinas para famosos.

—Sí, pero eso es distinto –repuso ella–. Me dijo alguien una vez que la mejor manera de vengarse de alguien es viviendo bien y eso es lo que trato de hacer. Me encanta mi trabajo.

—Y eso es lo más importante ahora, ¿no? No piensas volver a involucrar tus sentimientos.

—Así es –mintió ella.

Ya era demasiado tarde, se había enamorado de nuevo del hombre equivocado. No había futuro posible. Eran de dos culturas distintas y sus vidas iban por dos caminos muy distintos.

Sabía que, aunque Karim deseara casarse con ella, nunca podría aceptarlo. No después de que él le dijera que las mujeres de su familia no podían trabajar. Era un sacrificio demasiado grande, tendría que renunciar a todo lo que era y todo por lo que había trabajado tan duro.

–¿Y tú? –le preguntó para cambiar de tema–. ¿Dónde crees que estarás dentro de cinco años?

–En Harrat Salma, por supuesto –repuso Karim–. Ocuparé el puesto de mi padre cuando se retire.

–Pero no quieres hacerlo.

–Sí y no –le dijo él–. ¿Tanto se nota?

–Yo sí lo noto, pero está claro que tratas de ocultar tus sentimientos y no deberías. ¿No tienes un hermano menor que pueda convertirse en jeque para que puedas dedicarte tú a la Vulcanología?

–¿No habías buscado información sobre mí en Internet?

–Sí, pero sólo leí artículos que te describían como un amante de las fiestas y las mujeres.

–Tengo una hermana pequeña, Farah. Pero ella no puede gobernar el país. Sé que será difícil de entender para ti. Y para mí también. Es una de las cosas que quiero cambiar, las leyes de sucesión –le dijo Karim–. Si yo no acepto el trono, sería mi primo el que lo hiciera. Pero no puedo dejar que lo haga, es mi obligación. Tengo que conseguir aceptarlo, ésa es mi lucha.

–Pero, siendo el mayor, habrás sabido desde pequeño que ése es tu destino, ¿no?

–Es que no siempre he sido el mayor –repuso Karim apartando la mirada.

Capítulo Doce

Lily se quedó mirándolo con el ceño fruncido, no entendía nada.

—¿Cómo?

—No siempre he sido el mayor —repitió Karim—. Era el mediano.

Entendió entonces que la tragedia lo había marcado y lo abrazó con cariño.

—Tenía un hermano mayor, Tariq. Era muy serio y callado. Todo el mundo le decía siempre que debía divertirse y aprovechar el tiempo antes de que le llegara el momento de reinar.

Se dio cuenta de que así pensaba la gente que pasaba el tiempo Karim, pero se equivocaba.

—Tanto insistían que uno de mis primos acabó convenciéndolo para que fuera con ellos a conducir sobre las dunas. Su todoterreno volcó y no tenían la experiencia necesaria para salir antes de hundirse. Se ahogaron en la arena.

Se le encogió el corazón. Era una manera terrible de morir e imaginó cómo se habría sentido su familia y todos lo que lo habían animado a salir y divertirse como cualquier joven.

—¿Cuándo ocurrió? —le preguntó ella.

—Hace cinco años —repuso Karim—. No podía creerlo cuando mi padre me llamó para decírmelo. Regresé enseguida. Recuerdo que entré en el palacio esperando verlo leyendo en su rincón favorito, pero sólo había un gran vacío. Aún me cuesta volver a casa. Es mucho más duro para mi familia, que sufre su ausencia a diario. Farah lo lleva fatal, ha cambiado mucho.

–Seguro que también se preocupa por ti, al ver cuánto trabajas y cómo llenas tu agenda para no pensar en tu hermano. ¿Estás seguro de que es esta vida la que tus padres quieren para ti?

–No hay otra opción posible, ahora soy el heredero. Por eso dejé mis estudios de doctorado.

–Bueno, creo que serás un gran gobernante –le dijo acariciando su pelo–. Sabes escuchar.

–Eso espero. Debo honrar a mi familia y la memoria de mi hermano siendo un buen jeque.

–Por eso trabajas tanto... –murmuró ella–. Para no pensar en tu hermano ni en lo que amas.

–Puede que tengas razón –repuso Karim mirándola a los ojos–. Nadie más lo sabe...

–Lo entiendo, Karim, y puedes confiar en mí, no voy a traicionarte.

–Lo sé –repuso Karim–. Gracias por escucharme sin juzgarme.

–¿No hay manera de satisfacer tu deber y poder seguir estudiando lo que te gusta?

–No, ya tomé una decisión de manera libre y eso haré.

–No podrías vivir contigo mismo si le dieras la espalda a tu familia cuando más te necesitan, ¿verdad?

–Me estás asustando, *habibti*, parece que puedes leer perfectamente mis pensamientos.

Se entendían muy bien. Y, al saber cuánto creía en su deber hacia Harrat Salma, se había dado cuenta de que no podía interponerse en su camino, no podía decirle lo que sentía por él.

Pero podía demostrárselo. Empezó besándole el cuello y bajó por su torso muy lentamente, hasta llegar a su erección.

–*Habibti*, vas a hacer que pierda por completo...

Karim no pudo terminar de hablar y comenzó a gemir y murmurar algo en árabe cuando ella lo tomó entre sus labios.

Lo amaba y sabía que iba a tener que renunciar a él. Pero, antes de que sucediera, estaba decidida a acumular bellos recuerdos.

Esa tarde marcó un cambio en su relación. Habían confiado plenamente el uno en el otro para contarse sus secretos y Lily se dio cuenta de que cada vez lo amaba más.

Karim se despertó en mitad de la noche. Lily dormía entre sus brazos.

Ella conseguía calmarlo y darle seguridad. La que iba a necesitar para gobernar Harrat Salma.

Recordó entonces una conversación que habían tenido sobre el matrimonio. Lily creía en el amor y él en el respeto, el cariño y la atracción física.

No se había percatado hasta ese instante de que sentía todas esas cosas por ella. Y había mucho más, le había entregado su corazón. Por primera vez en su vida, estaba enamorado.

Había roto su norma más importante y se dio cuenta de que no deseaba que su relación fuera sólo algo temporal, no quería tener que dejarla en Inglaterra cuando tuviera que volver a su país.

Hasta ese momento no había sido consciente de que quería elegir a su esposa y que no podía dejar que sus padres lo hicieran por él. Quería casarse con Lily. La amaba y deseaba pasar a su lado el resto de sus días, compartir con ella sus triunfos y sus miedos. La necesitaba.

Pero el heredero de su país no podía casarse con una mujer extranjera, trabajadora y divorciada.

La admiraba por su capacidad de lucha y su fortaleza, por cómo se había levantado después de que su marido la arruinara. Sabía que no querría renunciar a Sabores Extraordinarios, pero no podría seguir haciendo ese trabajo en Harrat Salma ni dirigir su empresa desde allí.

No sabía si Lily estaría preparada para renunciar a todo por él.

Pasó tres días después de esa noche tratando de convencerse de que debía romper con ella por el bien de los dos. Pero no podía hacerlo.

Decidió que su mejor opción era enfrentarse al problema, poner las cartas sobre la mesa y rezar para que hubiera una solución, una manera de que pudieran estar juntos y para siempre.

–Lily, he estado pensando en las normas que establecimos y quiero cambiarlas –le dijo Karim una mañana.

Habían conseguido hacer un hueco en sus agendas para verse en casa de Lily, donde estaban en esos instantes contemplando las mariposas y las abejas revoleteando en su jardín. Se quedó sin respiración al oír sus palabras y temió que quisiera romper con ella.

–Me gusta la norma de que la relación sea exclusiva y la de mantener lo laboral y lo personal aparte.

Recordó entonces la tercera norma, la que dejaba muy claro que lo suyo sólo podía ser temporal.

–Me preguntaste una vez qué pasaría si me enamoraba de alguien y yo te dije que eso nunca podría ocurrir. Pero parece que no tengo siempre razón. Me he dado cuenta de que ha ocurrido –le dijo mientras se levantaba de la silla y se arrodillaba frente a ella–. Lily, quiero casarme contigo. ¿Quieres tú casarte conmigo?

No podía creerlo. Había soñado con ese momento, pero siempre había sabido que era un sueño imposible. Quería decirle que sí, pero amaba a Karim y sabía lo que tenía que hacer.

–Yo... No puedo.

–¿Por qué no? Estás divorciada de Jeff, ¿no? Eres libre. ¿Por qué no puedes casarte conmigo?

–Por muchas razones. Para empezar, eres un heredero real y yo soy una plebeya.

–Eso no es un problema para mí.

–Pero no se trata sólo de ti. También has de tener en cuenta a tus padres y tu país. Karim, represento todo lo que no puede ser tu futura esposa. No soy árabe, no soy una princesa, trabajo para ganarme la vida y estoy divorciada.

–Pero eres perfecta para mí y soy capaz de elegir a mi esposa. Por eso te pido que te cases conmigo. Algo que, por cierto, no había hecho nunca.

–No podemos casarnos. Me dijiste que tus padres iban a buscarte una esposa apropiada. Ni siquiera les has hablado de mí, ¿verdad?

–No –admitió Karim.

–Eres el futuro gobernante de Harrat Salma, tienes responsabilidades, no puedes hacer lo que quieras.

–Lo cierto es que, como futuro gobernante de Harrat Salma, puedo hacer precisamente eso, lo que quiera. Y quiero casarme contigo.

No podía creerlo. Quería casarse, sentía lo mismo que ella. No se lo había dicho, pero no hacía falta, lo sabía. Estaba segura de que la amaba, pero todo aquello la aterraba.

–Pero... Pero vas a volver a Harrat Salma –le dijo con voz temblorosa.

–Así es. Y son muchas cosas las que tenemos que considerar antes de irnos.

–Entonces, ¿quieres que me vaya contigo?

–Bueno, es lo que suelen hacer los matrimonios, *habibti* –repuso él–. Suelen vivir juntos...

–Pero tendría que renunciar a todo, dejarlo todo aquí...

–No todo. Tu familia está en Francia y pueden visitarnos en Harrat Salma tan a menudo como quieran. Igual que tus amigos.

–¿Y mi empresa?

Karim suspiró.

–*Habibti*, sé lo que siento por ti y creo que tú te sientes igual. Yo no puedo elegir mi trabajo, pero tú sí. Puedo cambiar algunas de las normas, pero no puedo negarme a ser el próximo jeque.

–Entonces, pretendes que renuncie a mi independencia, a todo por lo que tanto he trabajado...

–Sé que te pido mucho.

–Así es. Sobre todo cuando no sabes si tu familia y tu pueblo van a aceptarme.

–Bueno, a Rafiq le gustas mucho.

–Eso es distinto. Sabe que cocino y que somos amantes. Pero no sé si me querría como tu esposa. ¿Renunciarías tú a todo para quedarte aquí conmigo?

–Ya te he dicho que ya no tengo elección. Y tú sí.

–Pero sí que la tienes, podrías renunciar.

–Es verdad, pero no puedo hacerlo. No puedo elegir entre mi familia y tú.

–Pero me pides que lo deje todo por ti. Todo lo que me ha costado tanto conseguir...

–¿Tienes miedo porque crees que voy a traicionarte como hizo Jeff? –le preguntó Karim–. ¿No te has dado cuenta ya de que soy distinto? Te he contado cosas que no le había dicho a nadie...

–Lo sé, Karim. Pero no puedes pedirme que me case contigo, no tienes libertad para hacerlo.

Él la miró con el ceño fruncido y abrió la boca, pero sonó entonces el timbre de la puerta.

–Voy a abrir –le dijo ella.

Le sorprendió ver que era Rafiq, parecía muy preocupado.

–¿Está Karim con usted?

–Sí –le dijo Lily mientras señalaba el jardín–. ¿Está bien? ¿Qué ha pasado? Entre, por favor.

–Llevo una hora intentando dar con usted, pero los dos tienen el móvil desconectado.

–Pero, ¿qué ha pasado? –le preguntó Karim con preocupación.

–Se trata de su padre –le dijo el guardaespaldas–. Está en el hospital. Ha tenido un infarto. Su madre está con él y quiere que sepa que lo peor ha pasado y que se recuperará.

–Tengo que ir –repuso Karim con firmeza.

–Me he tomado la libertad de reservar los billetes. Y he traído el pasaporte. Tengo el coche fuera, podemos ir directamente al aeropuerto –le explicó el guardaespaldas.

Karim la miró con preocupación, parecía confundido y frustrado.

–Ve –le dijo ella–. Ya terminaremos la conversación en otro momento. Ve a verlo, Karim.

–Lily, gracias por ser tan comprensiva –repuso Karim abrazándola.

–Llámame cuando puedas –le dijo.

Se dio cuenta de que Karim iba a tener que tomar las riendas del país. Quizás sólo durante un tiempo o quizás de forma permanente. Y ella iba a tener que renunciar a su amor.

–Si necesitas algo, lo que sea, llámame, ¿de acuerdo? –susurró con un nudo en la garganta.

–Gracias, *habibti* –contestó Karim con la misma emoción antes de salir por la puerta.

Karim pasó gran parte del vuelo mirando por la ventana. Recordó cómo se había sentido de vuelta a Harrat Salma tras saber que su hermano había tenido un accidente. Se preguntó si volvería a ocurrir lo mismo o si llegaría a tiempo de ver a su padre con vida.

Eran ocho horas de vuelo y sabía que se le iban a hacer eternas.

Lamentó no haberle pedido a Lily que lo acompañara. Necesitaba más que nunca tenerla a su lado. Le daba fuerza y seguridad.

Pero sabía que no habría sido justo pedírselo, tenía compromisos y no podía pretender que abandonara sin más a sus clientes. Además, necesitaba hablar con su familia sobre ella. Aunque sabía que no iba a ser el momento más adecuado para hacerlo.

Cuando por fin aterrizaron en Harrat Salma, un coche oficial lo esperaba en el aeropuerto y lo llevó directamente al hospital. Le envió un mensaje de texto a Lily para decirle que había llegado bien. Después, apagó el móvil antes de entrar en el hospital.

Su madre y su hermana estaban en la habitación de su padre. Las abrazó con cariño y se sentó al lado de la cama, tomando entre las suyas la mano de su progenitor.

–Hijo mío, has venido –le dijo el hombre con una débil sonrisa.

–Por supuesto, en cuanto lo supe –repuso Karim–. ¿Cómo te encuentras?

–Podría estar mejor... –murmuró Faisal–. Pero dicen que me estoy recuperando bien.

–Trabaja demasiado –apuntó su madre con gesto de preocupación.

–Como ha hecho durante los últimos treinta y cinco años –le dijo Karim.

Pero sabía tan bien como los demás que su padre se estaba haciendo mayor y había tenido suerte. Había llegado el momento de empezar a considerar seriamente la abdicación.

–Perdóname –susurró Faisal.

–No hay nada que perdonar. Pero tienes que descansar, *Abuya*. Y hacer lo que te digan los médicos –repuso Karim mientras lo abrazaba–. Me alegra encontrarte mejor de lo que esperaba.

Se dio cuenta de que iba a tener que instalarse

pronto en Harrat Salma y aceptar la responsabilidad asumida cinco años antes. Le costaba aún asumir su futuro y, más que nada, tener que hacerlo sin Lily.

Por el bien de su familia, no les dijo cómo se sentía. Pasó el resto del día en el hospital y regresó después a palacio con su hermana. Su madre, Johara, se negó a separarse de su esposo.

Habló durante horas con Farah, intentando consolarla y convencerla de que todo iba a salir bien. Eran casi las tres de la mañana cuando se acostó por fin su hermana. Miró el reloj, era la una en Inglaterra e imaginó que Lily estaría dormida.

Pero le había dicho que la llamara cuando pudiera y decidió hacerlo. Lily contestó enseguida.

–Karim, ¿cómo está tu padre? –preguntó nada más descolgar.

–Un poco débil y dolorido, pero los médicos dicen que se pondrá bien. Aun así, tendré que quedarme aquí un tiempo, *habibti*.

–Por supuesto. Lo primero es la familia –repuso ella–. ¿Puedo hacer algo por ti?

–No, pero gracias –le dijo–. Me alegra oír de nuevo tu voz, Lily. Te echo de menos.

Lily no contestó, le dio la impresión de que intentaba enfriar las cosas entre ellos y mantener las distancias. La amaba y la necesitaba. No se imaginaba una vida sin ella.

–Lily, puede que esté a miles de kilómetros de distancia, pero necesito que sepas algo. Algo que debería haberte dicho antes de irme y que nunca le he dicho a nadie. Te quiero, Lily.

Escuchó un leve gemido al otro lado del línea, algo así como un sollozo.

–¿Estás llorando, *habibti?*

–No.

Pero sabía que no era cierto.

–Karim, yo... Yo también te quiero –le dijo Lily con voz entrecortada.

–Todo saldrá bien –le prometió–. Vuelve a la cama y descansa. Mañana te llamo. Te quiero.

–Y yo a ti –susurró ella.

Apagó el móvil y se quedó contemplando el cielo estrellado. Había echado mucho de menos ese mágico paisaje en Londres. Pero sabía que cambiaría todo aquello por la contaminada capital inglesa si así podía estar con su amada.

–Tiene que haber una manera de conseguir que funcione –le dijo a las estrellas–. Estoy seguro.

Y estaba dispuesto a mover cielo y tierra para dar con la solución.

Capítulo Trece

Lily descubrió muy pronto lo duro que era estar separada de Karim. La llamaba cada noche, se mandaban mensajes de texto con el móvil y también por Internet, pero lo echaba de menos.

Y se sintió mucho peor cuando Monica, la editora de una de las revistas para las que escribía, le envió el artículo ya maquetado para que lo corrigiera. Le había escrito un mensaje en el que le preguntaba por el apuesto hombre de las fotos.

No podía contarle que era el hombre de su vida, que se amaban, pero que no podrían estar juntos porque él tenía que volver a su país para gobernarlo y encontrar una princesa adecuada para casarse con ella.

Las fotos eran maravillosas. Recordaba cada instante de ese día, cómo Karim le había dicho que había fantaseado con ella mientras lamía la cuchara y que debía confiar en él.

Confiaba en él, pero no creía que pudieran tener un futuro juntos. Había demasiados obstáculos.

Se sentía más alicaída cada día. Cuando la llamó su cliente del domingo la noche anterior diciéndole que había caído enfermo y necesitaba cancelar la cena, supo lo que debía hacer.

No podía ir a ver a Karim, su vida ya era demasiado complicada. Llamó entonces a su madre.

–¿Puedo ir a veros y pasar un par de días con vosotros?

–Por supuesto, cariño. ¿Cuándo quieres venir?

–¿Mañana?

–Perfecto. Llámame cuando sepas a qué hora tengo que ir a recogerte al aeropuerto.

Necesitaba llenar sus horas para no pensar en Karim. Los mensajes y llamadas no eran suficientes, lo echaba muchísimo de menos. Pero tenía que acostumbrarse a estar sin él. Sabía que Karim acabaría por entender que ella tenía razón y que no podían casarse.

Empaquetó una pequeña bolsa, quería llevar sólo equipaje de mano. Tomó el primer avión que salía de Gatewick y llegaba al aeropuerto de Marsella. Fue un alivio ver a su madre en cuanto atravesó los controles de la aduana. Corrió a abrazarla, había pasado demasiado tiempo sin verla.

Entre los brazos de Amy, rompió a llorar, no pudo controlarse.

–Querida... Sea lo que sea, no puede ser tan malo –susurró su madre–. Venga, vamos al coche...

Lloró sin consuelo durante largo rato. Después, ya en el coche, le contó todo.

–¿Por qué le dijiste que no te casarías con él? –le preguntó Amy.

–No es que no quiera, pero sé que es lo mejor para los dos. No podemos casarnos.

–No lo entiendo. Sé que te fue muy mal con Jeff, pero no tiene por qué ser así con Karim.

–Lo sé, no tiene nada que ver con Jeff, pero hay demasiados obstáculos.

–¿A qué te refieres?

–Prefiero no hablar de ello... Es demasiado doloroso.

–Creo que te vendría bien contármelo. A veces, necesitamos oír el punto de vista de otra persona para ver las cosas con claridad. Seguro que no es tan complicado como piensas...

–Sí que lo es –repuso con un suspiro–. Es un jeque, mamá. ¿Cómo podría casarme con él? ¡No tengo sangre real, somos de dos culturas distintas y soy una mujer divorciada!

–¿Estás segura de que su familia no te aceptaría? ¿Los has conocido y te han rechazado?

–No, pero no es el mejor momento para que me conozca. Su padre está en el hospital y ha tenido que volver a su país. No sé cuándo va a poder volver.

–¿Has hablado con él?

–Sí, cada día. Y es tan duro, mamá. Quiero hacer lo mejor para él. No puedo hacer que elija entre su país y yo.

–Puede que no tenga que hacerlo. Si tanto te quiere, dejará que lo guíe su corazón.

–Sus obligaciones y su país no son los únicos obstáculos. Aunque le permitieran que se casara conmigo, yo no podría trabajar. He luchado mucho para conseguir que Sabores Extraordinarios sea la empresa que es. No quiero echarlo todo por la borda ni quiero depender de él.

–¿Como yo dependía de tu padre?

–Eso es. Pero ahora te niegas a depender de Yves.

Vio que su madre se quedaba muy seria.

–¿Va todo bien?

Amy levantó su mano izquierda, había un anillo de diamantes en su tercer dedo.

–¿Os habéis comprometido? ¿Te vas casar con él?

140

–Iba a llamarte hoy para contártelo. Pensaba ir a visitarte para celebrarlo contigo.

–Vaya... Me alegro mucho, mamá.

–¿Seguro que te alegras?

–Sí, es que no me lo esperaba. Siempre has dicho que no querías volver a casarte.

–Las cosas han cambiado.

–¿Por qué? ¿Qué es lo que no me estás contando? –le preguntó Lily.

–Bueno, no ha pasado nada, pero tuvimos un susto bastante importante hace un par de semanas cuando noté un bulto...

Se quedó sin aliento.

–¿Por qué no me lo habías dicho?

–Porque estás ocupada y...

–Eso son tonterías. Nunca estoy lo bastante ocupada como para no hablar contigo.

–No quería que te preocuparas.

–Pues ahora lo estoy.

–Pensé que sería mejor llamarte cuando supiera los resultados. El caso es que sólo era un quiste, pero Yves ha estado en todo momento a mi lado y me di cuenta entonces de lo que era importante de verdad –le dijo su madre–. Así que le pedí que se casara conmigo.

–¿Tú se lo pediste a él? –exclamó atónita–. ¿Te pusiste de rodillas y todo?

–Por supuesto.

–¿Qué dijo?

–Gruñó, me dijo que era una testaruda y que era él quien tenía que pedírmelo. Me amenazó con hacerlo cada tres minutos durante el resto de mi vida hasta que le dijera que sí.

–¿Lo hizo?

–Sí, hasta usó un reloj para no perder ni un segundo.

–Pero le dijiste que sí –repuso Lily mientras abrazaba a su madre–. ¡Qué feliz me haces! Pero, ¿puedes conducir?

–Sí, estoy bien, cariño. Deja de preocuparte, eres como Yves.

Abrazó con cariño a su padrastro cuando llegaron a la casa.

–No sabes cuánto me alegra que mi madre haya sentado por fin la cabeza. Esto no cambia nada, ya te he considerado mi padre durante estos doce años, pero ahora te puedo llamar «papá».

–*Chérie!* –murmuró Yves mientras la abrazaba con emoción.

–Será mejor que nos calmemos antes de que nos pongamos los tres a llorar. Tenemos mucho que hacer y preparar para la boda –les dijo Lily–. Yo, por supuesto, me encargaré de la comida.

–De eso nada, tú tienes que ser la dama de honor –repuso Yves.

–Gracias, me encantará serlo. Pero Sabores Extraordinarios puede encargarse de la comida, Hannah y Bea lo harán bajo mi supervisión. Es mi regalo de bodas, no me llevéis la contraria.

–De acuerdo, querida –le dijo su madre–. Muchas gracias.

Era justo lo que necesitaba, una boda que organizar para no tener que pensar en la que no iba a tener lugar nunca, la suya con Karim.

***

Karim llamó a Lily esa misma noche. Le bastaba con oír su voz para sentirse mejor.

–Te echo de menos –le dijo él.

–Y yo a ti, *habibti* –repuso.

Le gustó que intentara decir alguna palabra en árabe, aunque no lo hubiera hecho bien.

–A mí me tienes que llamar «*habibi*» –le dijo.

–*Habibi* –repitió Lily–. ¿Y si te digo «*auhiboki*»? ¿También está mal?

Se quedó sin respiración. Estaba mal dicho, pero no sólo porque fuera incorrecto. Sino también porque, después de ese día, sabía que Lily ya no podría amarlo.

–Tienes que decir «*auhiboka*».

–*Auhiboka, habibi* –le dijo ella.

Se quedó una vez más sin aliento. Dos simples palabras que eran todo lo que necesitaba oír.

El accidente de su hermano lo había cambiado todo. De no haber sido el heredero, podría haber continuado sus estudios y se habría podido casar con Lily y vivir felices para siempre.

Pero su destino estaba escrito y tenía el corazón roto.

Se despidieron después de un rato.

Estaba tan triste que no tenía ganas de entrar en el palacio donde había crecido. Era su hogar, un sitio lleno de buenos recuerdos. Pero, en esos instantes, le parecía una cárcel. Se quedó afuera mirando las estrellas. Algún tiempo después, lo encontró allí su madre.

–Karim –le dijo Johara–. Tu padre se pondrá bien, no te preocupes.

–Lo sé, lo sé –repuso Karim tomando su mano–. Te quiero mucho, *Ommi*.

–Y yo a ti. Pero tienes que decirme qué te pasa –murmuró ella–. Soy tu madre y sé que estás preocupado. Y que no se trata de tu padre, de la ausencia de Tariq ni del exceso de trabajo.

Suspiró al escucharla, lo conocía demasiado bien.

–Es verdad, madre, no estoy bien. Pero no quiero preocuparte, no sería justo.

–¿Con quién vas a hablar si no? ¿Con tu padre?

–No cuando está enfermo y necesita descansar para poder recuperarse.

–Exacto, tienes que hablar conmigo, *habibi*. A lo mejor puedo ayudarte.

Se quedó callado un buen rato.

–He conocido a alguien en Inglaterra. Se llama Lily –le dijo–. Es fuerte, valiente y muy inteligente. Cuando estoy con ella, sintiendo que mi vida está llena de luz.

–Estás enamorado de ella –repuso su madre con seguridad–. ¿Se siente ella igual?

–Sí.

–Tu padre y yo hemos estado intentando encontrar una novia adecuada para ti, alguien de sangre real y árabe que pueda apoyarte en todo cuando ocupes el lugar de tu padre.

–Lo sé –repuso él suspirando–. Ya había asumido que tenía que aceptar la tradición. Deseaba un matrimonio como el vuestro. Pero ya no puedo hacerlo. Ahora sé lo que es el amor y no podría casarme con otra persona. Estaría mintiéndole a esa mujer, a mi país y a mí mismo.

Johara se quedó callada y pensativa.

–Has pasado la mitad de tu vida en Inglaterra. No me sorprende que te sientas así. Otros gobernantes se han desposado con mujeres europeas. Puede que no sea un problema tan grave.

–No te lo he contado todo, *Ommi*. Lily es una mujer divorciada, aunque no por su culpa –le dijo él–. Sé cuál es mi deber y seré un buen gobernante, madre.

–Eso ya lo sé. Eres un hombre bueno y fuerte. Pero crees que podrías hacerlo mejor si ella estuviera a tu lado, ¿verdad?

–Le pedí que se casara conmigo y ella se negó –le confesó.

–¿Y crees que te ama?

–Sí, madre, por eso me dijo que no. Cree que no sería aceptada en Harrat Salma por las razones de las que hemos hablado y sabe muy bien cuál es mi destino.

–¿Le has hablado de tu pasión por los volcanes y que tuviste que dejar de estudiar?

–Sí. Ella me entiende. También siente pasión por lo que hace, es cocinera –le contó–. Tiene mucho talento. Trabajó muy duro para poder preparar la comida de mis reuniones de negocios, pero es algo que le encanta y que no podría hacer si se convirtiera en mi esposa.

–Le pides que renuncie a todo –murmuró Johara–. A su casa, su familia, su trabajo. Es toda su vida. Tendría que vivir muy lejos de su país, cambiar sus costumbres y estar en todo momento en el ojo del huracán. Le pides mucho, *habibi*.

Había llegado el momento de dar la cara y miró a su madre.

–Sabes que nunca querría haceros daño, pero necesito saberlo. ¿La aceptaríais?

Johara se quedó unos minutos en silencio.

–Ya me había imaginado que había alguien en tu

vida. Lo notaba cada vez que terminabas de hablar por teléfono estos días. Había una sonrisa en tus ojos después de conversar con ella –le dijo su madre con gran sagacidad–. Tendrás muchas responsabilidades cuando gobiernes este país. La mujer que me acabas de describir no me parece una esposa adecuada.

Sabía que su madre hablaba también en nombre de su padre y que los dos pensarían igual.

Se dio cuenta de que iba a tener que vivir una vida a medias. Si no podía casarse con Lily, no pensaba casarse con nadie, pero estaba decidido a ser un buen gobernante por su país y esperaba que Lily encontrara felicidad en su vida, aunque no fuera con él.

Se dio cuenta entonces de que su madre seguía hablando.

–Perdóname, *Ommi*. No te estaba escuchando.

–Lo sé –le dijo su madre mientras le acariciaba la cara–. Te estaba diciendo que necesitarás a una mujer que te apoye y que consiga que haya esa sonrisa en tus ojos. Si esa tal Lily puede hacerte feliz, no me importa de dónde venga ni cómo sea, es la mujer que quiero para mi hijo.

No podía creerlo, la miró atónito.

–Entonces, ¿la aceptarías?

Johara asintió con la cabeza.

–No será fácil. La gente hablará y habrá rumores. Tendrá que ceder en algunas cosas y aceptar nuestras costumbres. Pero, si nosotros la aceptamos, el pueblo de Harrat Salma terminará por hacerlo también. Aprenderán a amarla tanto como tú.

–Bueno, es un obstáculo menos.

–¿Hay más?

–Sí.

–Pero, si Lily te ama, verá que debe estar a tu lado y apoyarte.

–¿Como has hecho tú con papá?

–Eso es –le dijo Johara–. ¿Ayudaría que hablara yo con ella?

–No lo creo. Ahora mismo, no sé qué hacer.

–Creo que deberías volver a Inglaterra, hablar con ella y mostrarle tus sentimientos. Si vuestro destino es estar juntos, los dos lo sabréis.

Karim apretó con cariño la mano de su madre.

–Eso tendrá que esperar, ahora mismo me necesitáis aquí.

–Nos arreglaremos sin ti un par de días –repuso ella–. Sigue tu corazón, hijo mío. Tienes un buen corazón y sé que no te guiará mal.

Capítulo Catorce

Karim sabía que debía seguir a su corazón, eso le había aconsejado su madre. Pero el suyo estaba roto. Saber que su familia aceptaría a Lily era un alivio, pero creía que no tenía derecho a pedirle que renunciara a todo por él.

Iba a tener que romper con ella, pero no quería tener que hacerlo por teléfono. Quería decirle a la cara que la amaba con locura y que por eso le tenía que devolver su libertad.

–*Habibti*, voy camino de Inglaterra –le dijo por teléfono–. Llegaré esta noche.

–Entonces, te veo en el aeropuerto –repuso Lily.

–De acuerdo. Le diré a Rafiq que te lleve mi coche para que puedas usarlo.

–¿Me vas a dejar tu increíble coche? –preguntó ella entre risas.

–Sólo es un coche, Lily –le dijo–. Estoy deseando verte. Te quiero tanto...

Sabía que el vuelo se le iba a hacer eterno.

Lily miró el panel de llegadas en la sala del aeropuerto mientras rezaba para que no hubiera retrasos. Llevaba tanto tiempo sin verlo que no quería tener que esperar más.

Le dio un vuelco el corazón cuando vio a Karim atravesando los controles de aduanas. Llevaba vaqueros oscuros, una camisa negra y gafas de sol. La incipiente barba en su cara no lo afeaba, le pareció más apuesto que nunca, estaba deseando besarlo.

Sin poder esperar más, corrió a su encuentro y se abrazaron con fuerza, besándose como si llevaran años sin verse.

—Lily, te he echado tanto de menos... Espero que hayas aparcado cerca —susurró de manera sugerente—. Yo conduciré.

—Pero estarás cansado después del vuelo. Yo conduzco. Además, me encanta tu coche.

Karim sintió cómo iba relajándose mientras iban hacia el coche. Se sentía completo cuando estaba con ella.

—¿Adónde vamos? ¿A tu casa o la mía?

—Como quieras —repuso él.

—Entonces, a la mía.

Le pareció que era mejor así. La conversación iba a ser muy dolorosa y prefería dejarla después en su casa y que fuera él quien tuviera que alejarse.

Estaba deseando tocarla, quitarle los vaqueros y la camiseta que llevaba, arrancarle la ropa interior y perderse en su cuerpo. Necesitaba estar con ella y sentir su pasión.

Pero sabía que no sería justo, no cuando debía romper con ella. No podía estar con Lily y decirle después que lo suyo no tenía futuro. Iba a tener que controlar su deseo.

No le costó mientras estuvieron en el coche, se entretuvo llamando a su madre para decirle que había llegado bien.

Pero fue mucho más complicado cuando llegaron a su casa.

—¿Has comido? —le preguntó Lily mientras cerraba la puerta.

—No, pero no tengo hambre —repuso él con pesar en su corazón—. Lily, tenemos que hablar.

Ella se sentó en el sofá y él tan lejos como pudo para no tener que tocarla.

—Lily, te he echado muchísimo de menos. Estar lejos de ti me ha hecho ver cuánto te amo —comenzó con un nudo en la garganta—. Lo que tengo que decirte es lo más difícil que he tenido que hacer nunca. Le hablé a mi madre de ti.

—Lo entiendo —repuso ella—. Ya te dije que no les parecería una esposa adecuada para ti.

—Te equivocas. Me dijo que sería complicado, pero que ella te aceptaría y el país también. Aun así, me hizo ver que te estaba pidiendo demasiado, que renunciaras a toda tu vida. Quiero que seas feliz, Lily. No puedo ser egoísta y pedirte que lo dejes todo por mí —le dijo con la voz rota por el dolor—. Así que estoy aquí para despedirme. Espero que te vaya muy bien y que encuentres a alguien que te merezca. Alguien que te quiera tanto como yo...

Lily se quedó callada durante mucho tiempo.

Él tampoco podía hablar.

—Bueno, será mejor que me vaya, *habibti* —le dijo después mientras se levantaba del sofá.

—¿Y si no quiero renunciar a ti? —preguntó Lily poniéndose también en pie.

—¿Qué?

150

–Que a lo mejor no quiero renunciar a ti –repitió ella–. Verás, no eres el único que ha hablado con su madre estos días.

–¿Has hablado con mi madre? ¿Cuándo? –preguntó confuso.

–No con la tuya, con la mía –le aclaró Lily con una sonrisa–. Y me dijo que debía dejar que el corazón me guiara.

Era lo mismo que le había dicho a Karim su madre. Se quedó sin aliento.

–Y mi corazón está contigo. *Auhiboka, habibi.*

Lily lo amaba, acababa de decírselo. Eran las dos palabras que necesitaba escuchar.

La abrazó entonces apasionadamente, besándola como si le fuera en ello la vida.

No supo cómo subieron a su habitación ni quién le quitó la ropa a quién. Pero, cuando quiso darse cuenta, estaba sintiendo de nuevo su piel contra la suya. Su dulce aroma lo envolvía y era una delicia saborear sus labios.

Cuando se deslizó por fin en su interior, sintió que eran de verdad una sola persona.

Le hizo el amor con total entrega y podía ver en sus ojos que ella sentía lo mismo.

Alcanzaron el clímax juntos y sintió que estaban bajo el cielo estrellado de su país.

Mucho más tarde, con Lily entre sus brazos y su cabeza apoyada en el torso, se sintió el hombre más feliz del mundo.

–He estado pensando...

–Espero que ya hayas abandonado la idea de dejarme.

–Por supuesto –repuso él entre risas–. Lo que quería decirte es que no va a ser fácil ser una princesa. Van a volverte loca.

–Pero no hay otra opción, tienes que aceptar tu responsabilidad. Lo que haces con tu vida afecta a todos los ciudadanos de Harrat Salma y necesitan un gobernante como tú.

La abrazó con cariño.

–Lo sé, pero no quiero pedirte que renuncies por mí a toda tu vida. Estás acostumbrada a dirigir tu propio negocio y a tomar decisiones. Los planes que tengo para mi país son ambiciosos. No es trabajo para una sola persona.

–¿Qué sugieres entonces?

–Que podríamos trabajar juntos y tú te encargarías de los temas que más te interesan. No podrías tener una empresa como Sabores Extraordinarios en Harrat Salma, pero he pensando que te podría gustar estar implicada en el desarrollo del turismo. Algo que tuviera que ver con la gastronomía local y la cocina de fusión, hablar con la prensa, etcétera. Podrías seguir escribiendo tus artículos e incluso libros. Me encantaría que le enseñaras al mundo la gastronomía de mi país, de nuestro país...

–Es una idea estupenda –repuso Lily–. Pero yo estaba pensando que no me vendría nada mal tomarme algún tiempo libre. Llevo años trabajando muy duro y creo que me gustaría asumir un nuevo papel que no había considerado hasta ahora.

–¿De qué hablas?

–De ser madre... Fue entonces cuando me di cuenta de que estaba enamorada de ti. Supe que estaba metida en un buen lío cuando me imaginé embarazada y a tu lado.

Karim no pudo evitar gemir mientras acariciaba el vientre de su amada.

–Yo también sueño con esa imagen. Estarás tan bonita llena de curvas y de vida...

–Y si tenemos un hijo, me gustaría llamarlo Tariq –le dijo Lily acariciando su cara.

–A mí también –repuso con la voz cargada de emoción–. Lily Finch, te quiero tanto. Pero creo que nos hemos saltado un par de pasos previos.

–¿De qué estás hablando?

–Ya te lo contaré. Ahora estoy deseando dormirme contigo entre mis brazos –le dijo con un beso–. Tengo que descansar un rato antes de seguir haciéndote el amor durante horas. Llevamos demasiado tiempo separados y tenemos que recuperar el tiempo perdido.

–Me parece un plan perfecto –repuso Lily.

En cuanto Lily tuvo unos días libres, volaron a la Provenza para que Karim pudiera conocer a sus futuros suegros. Y, desde allí, a Harrat Salma.

Cuando el coche oficial los recogió en el aeropuerto para llevarlos al palacio, Lily estaba tan nerviosa que no podía respirar. Pero cuando vio la sonrisa en el rostro amable de Johara, supo que todo iba a salir bien.

–Bienvenida, hija mía –le dijo la mujer mientras iba a abrazarla–. Bienvenida a nuestra casa. Gracias por devolver la alegría a los ojos de mi hijo.

Faisal, su padre, y Farah, la hermana de Karim, también la recibieron con cariño. Se dio cuenta de que la aceptaban tal y como era. Cuando se acostó esa primera noche en palacio, en su propia cama para no escandalizar a nadie, sintió que era ya miembro de la familia de Karim.

Al día siguiente, Karim le mostró la ciudad. Le enseñó el mercado de especias y le dijo el nombre de cada una en árabe. Por la tarde volaron a otra zona del país y condujeron después a bordo de un todoterreno sobre campos de lava.

Karim le explicó los términos geológicos de los distintos paisajes que atravesaban.

Entendió entonces el tipo de turista que Karim quería atraer con rutas como aquélla.

Llegaron a un punto y él paró el motor. La ayudó después a subir hasta la cima de una pequeña colina. Supo enseguida lo que era.

–¿Estás seguro de que está extinto? –preguntó al ver el cráter.

–Sí, *habibti*. Nunca te pondría en peligro –repuso él.

Karim sacó entonces comida, agua y un gran saco de dormir donde iban a caber cómodamente los dos. Comieron mientras contemplaban la puesta de sol. Él la rodeó con una manta cuando las temperaturas comenzaron a bajar de repente.

Fue increíble disfrutar a su lado del maravilloso cielo estrellado del desierto.

–Es impresionante –susurró ella–. No había visto nada igual en mi vida.

–Y aún falta lo mejor...

Supo a qué se refería cuando subió la luna e hizo que brillaran los minerales del cráter.

–Es como dormir entre estrellas, como me dijiste.

–Pensé que nunca iba a poder volver aquí. Mi sueño era organizar expediciones a sitios así y habría sido demasiado doloroso venir solo. Pero me encanta estar contigo aquí. Es algo muy especial para mí que tenía que compartir contigo –le dijo él–. Me has devuelto la alegría, Lily.

–Y tú también, Karim. Has hecho que recuerde que el trabajo no es suficiente, que hay más cosas en la vida. Me has enseñado lo que es el amor.

–¿Recuerdas que te dije que nos habíamos saltado un par de pasos? –preguntó él entre beso y beso–. Es hora de rectificar...

Karim se puso de rodillas ante ella y sacó del bolsillo una cajita. Dentro había un maravilloso anillo con un diamante que brillaba más que ninguna estrella.

–Elizabeth Finch, eres la luz de mis ojos y el corazón de mi corazón. ¿Quieres casarte conmigo?

–Sí –le dijo ella–. Por supuesto que sí.

Epílogo

Tres meses más tarde, Sabores Extraordinarios sirvió la última comida con Lily como organizadora. Fue durante la boda de Amy Finch y Yves Lefebure.

Lily fue la dama de honor y no pudo dejar de admirar a su apuesto prometido durante toda la ceremonia. Estaba guapísimo vestido con chaqué. Fue emocionante saber que pronto estarían ellos en la misma situación.

Un mes después, Harrat Salma vivió una boda real y todo el país la celebró con ellos. Fueron muy comentadas en la prensa las palabras de la novia inglesa a su alteza real Karim al-Hassan. Todo el mundo agradeció que ya estuviera aprendiendo su idioma.

–*Auhiboka. Ya rohi. Ya hayaati. Elal abad.*

Te quiero. Eres mi alma. Eres mi vida. Siempre.

Deseo™

Una mujer nueva

KATHERINE GARBERA

Para Lance Brody, miembro del prestigioso Club de Ganaderos de Texas, el matrimonio era sólo una cuestión de política. Pero su anodina y sencilla secretaria estaba a punto de hacerle cambiar de opinión...

Kate Thornton llevaba años soñando con convertirse en la señora de Lance Brody. Hasta que, un día, su jefe anunció que se iba a casar por conveniencia. Kate, harta de amarlo en silencio, presentó su dimisión. En ese momento, Lance se dio cuenta de que su secretaria era una hermosa mujer y no estuvo dispuesto a dejarla marchar, ni de la oficina ni de su vida...

No era capaz de ver lo que tenía más cerca...

Acepte 2 de nuestras mejores novelas de amor GRATIS

¡Y reciba un regalo sorpresa!

Bianca

Era su esposa… sólo de nombre

Se había casado con ella, se había acostado con ella y Maeve le había dado un heredero… y eso era todo lo que quería. Hasta que Maeve sufre un terrible accidente en el que pierde la memoria y no recuerda ni a su marido ni a su hijo.

Tal vez la mente de Maeve no recuerde a su marido, pero su cuerpo sí lo recuerda… y cada vez que la toca, la hace temblar. ¿De verdad que aquel hombre increíblemente guapo es su marido?

Darío decide entonces seducir a su esposa para recordarle lo felices que eran juntos…

Recuerdos de un amor

Catherine Spencer

Deseo™

Venganza y seducción

JULES BENNETT

Brady Stone acababa de enterarse de que la nueva directora de la propiedad que deseaba era una mujer, y muy deseable. Seducir a Samantha Donovan para que le desvelara secretos corporativos sería mucho más dulce sabiendo que era la hija de su enemigo.

El magnate de los negocios llevaba mucho tiempo planeando su venganza. Por fin, lo único que se interponía entre Brady y la victoria era un peón bello e inocente. La cabeza le decía que rechazara cualquier posibilidad de un futuro con Samantha. Pero su corazón sabía que al destruir el imperio de los Donovan también perdería la última oportunidad de ser feliz.

¿Destrucción y conquista o seducción y conquista?